Michelangelo Fazio

Misteri sulle Dolomiti

MNAMON

La ragazza di Transacqua

Un minaccioso temporale si stava addensando sulle Pale di San Martino di Castrozza e Bepi, deluso da oltre quattro ore di inutile attesa sulle rive del Cismon senza essere riuscito a catturare neppure una trota, richiamò con un fischio il suo fedele pastore tedesco Mirko, avendo deciso che era meglio ritornare a casa per evitare la solita lavata estiva. Mirko, solitamente scattante ai richiami del padrone, se ne stava però sul greto del torrente pochi metri sotto di lui ignorando il richiamo.

Bepi riprovò, ma inutilmente: il cane continuava a giocare con degli stracci trovati in mezzo a una polla d'acqua e sembrava si divertisse molto, almeno a giudicare dall'impegno con cui li aveva afferrati con le robuste mandibole e continuava a tirare.

Bepi, riposto il mulinello da pesca e la scatola delle esche, scese sul greto per riprendersi il cane, deciso, se necessario, a trascinarlo per la collottola, ma, arrivato a ridosso della polla, profonda non più di mezzo metro, rabbrividì: il cane stava cercando di estrarre dall'acqua una mano alla quale era ovviamente attaccato un corpo, forse nel generoso tentativo di salvare una vita umana.

Mirko era stato infatti addestrato come cane da valanga dai finanzieri di passo Rolle e, ormai invecchiato e giudicato non più adatto a tale faticosa attività, doveva essere mandato in pensione; Bepi, saputolo da un finanziere suo amico, decise di rilevarlo: il primo istinto di Mirko era però sempre quello di cercare di tirar fuori dai guai qualunque essere umano gli fosse capitato a tiro.

Bepi si chinò per osservare meglio: ora Mirko aveva afferrato la manica - tutto ciò che restava di una camicetta a brandelli- e stava cercando disperatamente di estrarre dalla polla il corpo di una giovane donna ormai sfigurato. Da quel poco che si poteva capire, doveva trattarsi di una bella ragazza dell'apparente età di circa vent'anni: il suo volto era coperto di ecchimosi e il corpo quasi interamente nudo, come se avesse percorso un lungo tratto tra i sassi del torrente.

Bepi riprese faticosamente il cane convincendolo a risalire la china e affrettandosi verso il bar dall'altra parte della strada: aveva capito che purtroppo per la sventurata ragazza non era più necessario chiedere aiuto, ma si dovevano soltanto avvertire i carabinieri di Fiera di Primiero, il paese a pochi passi dal luogo del ritrovamento, in località Transacqua.

Di lì a poco arrivò la jeep dei carabinieri: ne scese, insieme a due appuntati Beschin e Scotti, il maresciallo Miceli, il quale, dopo i primi rilevamenti del caso e dopo aver verbalizzato le dichiarazioni di Bepi, si affrettò a telefonare al dott. Franzetti, medico condotto di Siror, per stilare un certificato di morte prima di poter autorizzare la rimozione dei poveri resti.

Non c'era nella polla né nelle immediate vicinanze alcun documento né altro oggetto che potesse far identificare la ragazza: l'unica traccia era un grosso orecchino di argento all'orecchio destro, una specie di medaglione recante immagini stilizzate.

Il dott.Franzetti, giunto sul posto poco dopo, non potè far altro che accertare la morte della ragazza, facendola risalire ad almeno 24 ore prima, ma non potendo, almeno per il momento, stabilirne la causa.

Sarebbe stata necessaria l'autopsìa, cosa che il maresciallo Miceli richiese con urgenza la mattina successiva al giudice di Feltre, dove il corpo della sventurata ragazza fu trasportato.

In paese si era intanto diffusa la notizia del ritrovamento e il maresciallo Miceli aveva iniziato con i suoi collaboratori approfondite ricerche in tutti gli alberghi di Fiera, di Siror e di Transacqua; le indagini si presentavano però complesse perché gli alberghi erano tutti sovraffollati essendo la stagione turistica già avanzata.

Nessun turista aveva lamentato la scomparsa di una ragazza, e nessun albergatore aveva segnalato la scomparsa di alcuna delle pur numerose lavoranti stagionali provenienti da varie parti d'Italia. Avrebbe potuto trattarsi di una turista di passaggio, in giro per le Dolomiti, fors'anche straniera.

Qualche giorno dopo giunsero i risultati dell'autopsìa: nei polmoni della ragazza non c'erano tracce d'acqua, quindi si doveva presumere che la ragazza o era caduta accidentalmente nel torrente battendo il capo su un masso e morendo sul colpo o era stata uccisa altrove e gettata nel torrente; tuttavia le varie ecchimosi e abrasioni rilevate sul corpo non consentivano di stabilire se erano state causate dai ripetuti urti contro i massi del torrente o dai colpi inferti dall'eventuale assassino.

Ma l'autopsìa rivelò anche un particolare importantissimo: la ragazza era incinta da circa 4 mesi!

Questo fatto indusse Miceli a pensare che si trattasse di un caso di assassinio, anche perché, se la ragazza fosse scivolata accidentalmente nel torrente, possibile che non avesse con sè nessun documento, né le chiavi di casa o dell'auto ?

Le ricerche sul greto del torrente in un raggio di circa 300 metri a monte e a valle del luogo del ritrovamento, alle quali collaborarono anche gli uomini della protezione civile, gli uomini delle Fiamme Gialle giunti dal vicino passo Rolle, nonché valligiani del circondario, non dettero alcun esito.

Tuttavia Miceli, perlustrando attentamente il greto del fiume, era sempre più convinto che la ragazza non fosse stata gettata nella polla in cui era stata ritrovata: l'assassino o gli assassini avrebbero infatti avuto tutto l'interesse a lasciare il corpo in acqua il più a lungo possibile in modo che l'avanzata decomposizione ne rendesse pressoché impossibile il riconoscimento; sarebbe stato molto imprudente gettare il corpo in una polla profonda poco più di mezzo metro.

E poi, perché rischiare di incontrare qualcuno durante il trasporto del corpo, visto che l'argine sotto al quale Mirko e Bepi lo avevano ritrovato era raggiungibile soltanto a piedi attraverso un sentiero di almeno 200 metri dalla strada che attraversa Transacqua ?

Se davvero si trattava di omicidio, il corpo doveva essere stato gettato in acqua altrove, in un punto del torrente facilmente raggiungibile dalla strada e in cui l'acqua era molto profonda.

Miceli, che era stato comandato a Fiera da pochi mesi, non conosceva ancora tutti i segreti del Cismon, perciò ne parlò con Bepi, il quale lo informò che proprio sotto al ponte di Transacqua il torrente presentava una buca profonda almeno 4-5 metri; in quel punto si concentravano solitamente i pescatori di trote nei periodi di magra, ma agosto non era periodo di magra e i pescatori preferivano mantenersi ben lontani uno dall'altro per non disturbarsi a vicenda, quindi non ci sarebbe stato il rischio di un immediato ritrovamento del corpo.

A Miceli venne però spontanea una domanda: ammesso che si fosse trattato di omicidio e che il corpo fosse stato gettato in acqua dal ponte, per quale motivo avrebbe dovuto emergerne spontaneamente dato che in quei giorni non c'erano state piene improvvise ?

"Ha ragione, maresciallo, però la notte prima del ritrovamento, il 10 agosto, sono state aperte le serrande della diga di Basson per ridurre il livello del bacino che risultava troppo alto e far defluire un po' d'acqua: l'onda di piena potrebbe aver sbalzato il corpo fuori dalla buca, trascinandolo fino a farlo arenare tra i massi vicini alla riva e a fermarsi poi nella polla", suggerì Bepi.

Miceli lo ringraziò del suggerimento e decise di far esplorare la buca, chiedendo aiuto alla protezione civile di Predazzo, che inviò due sommozzatori; arrivati sul posto nel primo pomeriggio, i due si immersero nella buca riemergendo ogni due-tre minuti perché per l'urgenza non avevano fatto in tempo a procurarsi le bombole di ossigeno, ma solo la muta subacquea.

Non sembrava avessero trovato nulla di interessante che potesse costituire una traccia della presenza di un corpo sul fondo; a un tratto, però, uno dei due riemerse stringendo tra le dita un lucente oggetto metallico ed esclamando:

"Guardi un po', maresciallo, che cosa ho trovato: pensa possa essere utile?"

Miceli esaminò accuratamente il reperto e, rivolgendodi a Bepi, accorso sul posto curioso di sapere se la sua intuizione era stata corretta, esclamò con entusiasmo:

"Bravo, Bepi: aveva proprio ragione! è l'orecchino d'argento che mancava alla ragazza!"

Le tessere del mosaico cominciavano a incastrarsi bene, tuttavia c'era ancora molto da fare: non si poteva ancora affermare con certezza che la ragazza fosse stata uccisa; non si poteva escludere che la ragazza si fosse suicidata gettandosi dal ponte; il fatto poi che mancassero documenti o altri oggetti personali non era necessariamente significativo, in quanto non sarebbe stata la prima volta che oggetti del genere venivano ritrovati, magari dopo mesi o anni, a fondo valle. Del resto, non esisteva neppure la possibilità di ampliare le ricerche inviando a tutte le Questure d'Italia le foto segnaletiche, perché il volto era praticamente irriconoscibile; neppure le abrasioni ed ecchimosi sparse in tutto il corpo potevano essere attribuite con certezza a colpi inferti dall'assassino o all'urto contro i massi del torrente.

E poi chi poteva affermare trattarsi di un'italiana ?

La notizia del ritrovamento del corpo venne comunque pubblicata su tutti i quotidiani nazionali e diffusa dai vari mezzi di comunicazione.

Dopo tre giorni di ulteriori accertamenti sul corpo, il medico legale ne autorizzò la sepoltura, che venne mestamente eseguita nel piccolo cimitero di Fiera, all'ombra delle Pale di San Martino, dopo una breve cerimonia funebre alla quale parteciparono molti valligiani, diversi turisti e tutti coloro che avevano preso parte alle ricerche.

Miceli aveva ancora una speranza: far analizzare attentamente gli orecchini per tentare di stabilire almeno dove fossero stati venduti: ma non sarebbe stata un'impresa facile, perché sembravano di un tipo molto comune. Ad ogni buon conto, li affidò alla scientifica di Belluno.

Il 20 agosto Miceli riceve una telefonata dal custode del cimitero di Fiera:

"Maresciallo, questa mattina, mentre facevo il solito giro di perlustrazione all'interno del cimitero, ho trovato una tomba scoperchiata, quella della povera ragazza senza nome sepolta l'altro giorno.

Non so se la cosa possa essere importante, comunque ho ritenuto doveroso metterla al corrente dell'accaduto."

Miceli convocò immediatamente i due appuntati e insieme si recarono in jeep al cimitero, dove il custode li accompagnò alla tomba scoperchiata: non era solo stata divelta la pietra tombale provvisoria, ma era stata forzata la cassa contenente i poveri resti e gli stessi erano stati evidentemente messi a soqquadro come se si fosse cercato qualcosa tra essi.

Miceli avvertì il procuratore di Feltre, il quale inviò un collaboratore; non risultando però asportata alcuna parte del corpo, questi si limitò a stendere un verbale, autorizzando la chiusura della bara.

Miceli cominciò a meditare: chi può avere scoperchiato la tomba e a che scopo ? che cosa cercava? e poi, perché proprio quella tomba ? forse qualcuno ricordava la faccenda degli orecchini e pensava fossero stati sepolti insieme alla ragazza ? ma quale valore potevano avere sì e no dieci grammi di argento ?

C'era qualcosa che non lo convinceva. Del resto, la tomba era senza nome, e ciò pareva escludere che si fosse trattato di qualcuno che conosceva la ragazza, a meno che.....

Passarono nove mesi dal tragico ritrovamento e le indagini si erano ormai arenate, al punto che il procuratore generale di Feltre decise di considerare archiviato il caso.

Passarono altri tre anni dal giorno del ritrovamento e, nonostante Miceli non avesse alcuna intenzione di arrendersi, le indagini non avevano fatto alcun passo in avanti.

La mattina del 23 agosto Miceli ricevette una telefonata da un agente della compagnia di assicurazioni Securitas di Tirano che voleva parlargli del caso della ragazza ritrovata sul greto del Cismon.

"Forse le posso fornire informazioni utili per l'identificazione del corpo; potrei fare un salto da lei in settimana ?"

Miceli non si era ancora rassegnato di non essere riuscito a risolvere il suo primo caso di probabile omicidio, perciò l'idea di poter riaprire le indagini con una collaborazione esterna lo stimolò: ormai non aveva più speranze di poter risolvere il caso indagando in paese, quindi la sua risposta fu immediata: "Venga pure quando vuole, l'aspetto con impazienza!"

Due giorni dopo l'assicuratore si presentò al maresciallo Miceli, il quale prima di tutto volle visionarne i documenti e inviare un fax di controllo all'agenzia della Securitas di Tirano; la risposta giunse, sempre per fax, poco dopo un'ora, confermando che Donato Valtolini era realmente un agente della compagnia incaricato di effettuare indagini sulla morta di Transacqua.

"Maresciallo, sono stato incaricato dalla mia agenzia di Tirano di indagare sulla morte della ragazza ritrovata nell'agosto'73, perché un amico di tale Marina Falletti si è presentato qualche giorno fa con un certificato di morte presunta chiedendo la liquidazione di una polizza-vita sulla ragazza scomparsa circa tre anni fa; la polizza prevedeva però solo la morte naturale o accidentale, escludendo il suicidio e l'omicidio e l'importo dellla liquidazione è piuttosto elevato, 3 miliardi, quindi la compagnia vuole controllare se per caso la ragazza ritrovata qui non fosse proprio la Falletti.

Ricordo, da quanto letto sulla stampa a quel tempo, che quando l'avete ritrovata senza riuscire a identificarla, tra le varie ipotesi da voi avanzate c'erano anche quella del suicidio o dell'omicidio, quindi, come lei potrà ben capire, prima di liquidare un importo del genere, la compagnia vorrebbe vederci chiaro.

Le dirò di più: se lei me lo permette, vorrei offrirle tutta la mia collaborazione per risolvere il caso, ammesso che si tratti della Falletti."

E mostrò al maresciallo copia autenticata della polizza- vita.

Miceli si dichiarò ben lieto della collaborazione offerta, ma espresse i suoi dubbi:

"La ringrazio dell'offerta di collaborare con noi, ma credo che sia tempo perso: su quali elementi di riconoscimento pensa di potersi basare, dal momento che il corpo, ormai sepolto da tre anni, era già allora irriconoscibile ?"

"Purtroppo, nessun elemento di riconoscimento, maresciallo, però abbiamo saputo da alcuni amici della Falletti, che non ha più parenti al paese, che nel febbraio '73 era stata a servizio come cameriera stagionale proprio da queste parti, a Bellamonte, presso l'Hotel Orso Bianco; terminata la stagione invernale era rientrata a casa, in Valtellina, poi, dopo qualche mese era scomparsa e da allora se ne sono perse le tracce.

Se me lo consente, potrei andare in giro negli alberghi della zona e fare qualche domanda: chissà che non riesca a scoprire qualcosa di interessante."

"Non ho nulla in contrario, né potrei impedirglielo, ma nutro poche speranze sulla possibilità che riesca a venire a capo di qualcosa; abbiamo già allora setacciato tutti gli alberghi, le pensioni, le locande e i ristoranti della zona, ma non siamo riusciti a venire a capo di niente", fu la rassegnata risposta di Miceli.

La mattina dopo nella piazza principale di Fiera era evidente una certa agitazione; si era sparsa la notizia della scomparsa da casa della moglie del Direttore dell'Azienda di Promozione Turistica: da tre giorni il marito non ne aveva più notizie.

Poco più tardi Donato si presentò dal maresciallo Miceli chiedendogli se voleva accompagnarlo a Bellamonte:

"Ho in mente di fare un salto all'albergo Orso Bianco: vuol venire con me ?".

Miceli si dimostrò un po' riluttante:

"Verrei volentieri, ma oggi abbiamo un altro problema preoccupante: è scomparsa una donna qui in paese e non so se sia il caso di allontanarmi, però la sua idea mi interessa e mi incuriosisce.

Quasi quasi vengo con lei; in fondo i miei due collaboratori sono in grado di comunicarmi gli sviluppi del caso. Andiamo!"

Dopo circa un'ora i due entrarono nell'albergo di Bellamonte presentandosi al gestore Benotti.

"Sono un agente di una compagnia di assicurazioni di Tirano e sto indagando su una ragazza valtellinese scomparsa circa tre anni fa; i parenti hanno dichiarato che nel febbraio '73 la ragazza era stata a servizio in questo albergo: potrebbe cortesemente verificare e darcene eventualmente una descrizione se per caso la ricorda ancora ? Potrebbe trattarsi della stessa ragazza il cui corpo è stato ritrovato nell'agosto '73 nel greto del torrente Cismon, a Fiera."

Benotti sulle prime si dimostrò un po' riluttante, ma poi, avuta conferma dal maresciallo Miceli, che ben conosceva, non ebbe difficoltà a parlare:

"Altro che se me la ricordo! Era una bella ragazza alta e bionda, simpatica, attiva; era l'attrazione del mio ristorante, ma, finita la stagione, non ne ho più avuto notizie. Non saprei dirle altro."

"Potrebbe controllare i dati anagrafici della ragazza ?", domandò Donato.

Benotti, dimostrandosi molto disponibile, gli rispose : "Subito!"

E si allontanò, tornando poco dopo con un registro:

"Si chiama Franca Boselli e risulta nata il 20 marzo 1953 a Pergine, un paese alle porte di Trento; temo di non poterle essere di grande aiuto nelle sue ricerche."

Donato insistette: "Ci sarà pure nelle pratiche di assunzione una firma della ragazza: potrei vederla ?"

"Per favore, non mettetemi nei guai: certe assunzioni stagionali si fanno in nero e non mi va di mettere in piazza certi documenti scottanti. Non credo comunque di avere in archivio ciò che lei mi sta chiedendo; dovrei cercare in ufficio tutta la documentazione del personale stagionale, ma di solito alla fine di ogni anno la distruggo per non avere in giro documenti compromettenti.

Mi dia qualche giorno di tempo e provi a ripassare."

Lo interruppe seccamente Miceli:

"Benotti, non è un argomento da prendere alla leggera: qui si tratta di un possibile caso di omicidio! veda di far saltar fuori la pratica entro tre giorni, altrimenti sarò costretto a richiederla con un mandato del giudice.

Mi dispiace per lei se poi ci saranno conseguenze di carattere fiscale!"

Poi, rivolgendosi a Donato: "Penso che a questo punto ce ne possiamo anche andare."

Non appena risaliti sulla jeep, squillò il radiotelefono: era l'appuntato Beschin che gli comunicava il ritrovamento del cadavere della signora Bodrin, la moglie del Direttore, a fondo valle nel letto del Cismon nei pressi di Fonzaso.

Durante il viaggio Donato commentò:

"Non la invidio, maresciallo! Se non sbaglio, è il secondo caso che si trova a dover risolvere nell'arco di tre anni. Ma è sempre così qui a Fiera ?"

"Non è mai successo nulla prima della mia venuta; avrei dovuto restarmene a Primolano, dove in quindici anni ho solo dovuto risolvere qualche piccolo litigio tra gli abitanti del paese. Chi me l'ha fatto fare!"

Giunti a Fiera, Miceli chiamò a rapporto l'appuntato Beschin per avere informazioni sul ritrovamento del corpo; venne a sapere che la signora era stata trovata a ridosso della chiusa della diga di Fonzaso priva di qualsiasi documento.

"Donato, cosa ne pensa del Benotti ?", domandò il maresciallo a Donato.

"Mi sembra un buon uomo, solo spaventato che l'eventuale riapertura delle indagini lo possa inguaiare per quella storia del lavoro in nero; ma sono convinto che, dopo la sua minaccia di farsi dare un mandato, il documento salterà fuori!

Piuttosto, cambiando argomento, cosa pensa di fare con il caso della signora Bodrin ? mi pare che da queste parti stia diventando di moda gettare le donne ai pesci e far sparire i documenti, ma in questo caso non ne capisco il motivo: la donna era del luogo e il riconoscimento sarebbe stato comunque immediato....."

"Non sono totalmente d'accordo! pensi che se il corpo fosse riuscito a superare la chiusa sarebbe già arrivato fino all'Adriatico e in tal caso altro che riconoscimento immediato!"

Anche per la povera signora Bodrin si ripeté la solita prassi; la visita del medico legale e la successiva autopsìa poterono solo accertare che la morte non era dovuta ad annegamento, vista la totale mancanza d'acqua nei polmoni.

Si ricominciava daccapo: solo che ora le morti misteriose erano due.

Il maresciallo mise sotto torchio il Direttore dell'Azienda Turistica indagando se per caso tra lui e la moglie vi fosse stato qualche screzio negli ultimi tempi, ma non venne a capo di nulla: i rapporti tra i due venivano descritti come pressoché idilliaci, anche se in paese erano ben note le scappatelle del Bodrin, alle quali pareva che la povera signora non desse molta importanza; del resto non era neppure il caso di chiedere al Direttore un alibi, perché l'autopsìa aveva stabilito che l'ora della morte poteva essere fatta risalire entro un intervallo di almeno 24 ore.

Tre giorni dopo, Miceli, che aveva richiesto e ottenuto il mandato per la verifica dei documenti presso l'albergo Orso Bianco, e Donato si ripresentarono al Benotti.

"Come le avevo promesso, eccoci qui puntuali. Questo è il mandato! E ora veda di mostrarci la scheda della ragazza!"

"Maresciallo, non era il caso di procurarsi il mandato: avevo subito ritrovato il registro del personale del 1973 e lo avevo messo a sua disposizione fin da ieri: fortunatamente era ancora nei nostri archivi. Eccolo!"

Miceli afferrò il registro dalle mani del Benotti, si appartò a un tavolo con Donato e cominciarono febbrilmente a sfogliarlo.

Le schede personali dei lavoranti stagionali erano disposte in ordine cronologico e numerate progressivamente; interessava però il mese di febbraio, quando la ragazza aveva cominciato a lavorare all'albergo, perciò passarono direttamente a tale mese esaminando una per una tutte le schede: nessuna di esse risultava intestata a Franca Boselli.

Il maresciallo tornò al bancone della reception e rivoltosi al Benotti:

"E' sicuro che siano tutte qui le schede? manca quella della Boselli!"

"Maresciallo, come ho trovato il registro, l'ho messo sottochiave in cassaforte e l'ho ripreso in questo momento per consegnarglielo; non ho neppure pensato di controllare una per una più di cinquanta schede; non può mancare proprio quella della Boselli: controlli meglio, può darsi che per errore sia finita in un altro mese!"

I due si rimisero all'opera ricominciando dalla prima pagina e verificando l'ordine numerico progressivo: tutte le schede erano nel giusto ordine cronologico, ma dopo la scheda n. 11, in data 4 febbraio 1973, si passava al n.13, recante la stessa data.

Miceli e Donato si riavviarono verso il bancone:

"Abbiamo ricontrollato accuratamente e risulta mancare la scheda n.12: mi dispiace, ma devo provvedere al sequestro di questo registro, che verrà inviato alla procura della Repubblica di Feltre; è chiaro che a questo punto, caro Benotti, le sue responsabilità non mi sembrano più di sola natura fiscale, a meno che lei sia in grado di dirci chi può aver messo mano al registro."

"E la scheda n.12 ha, caso strano, la stessa data in cui la Boselli risulta aver preso servizio in questo albergo!", rincarò la dose Donato.

Benotti, che cominciava a dare evidenti segni di inquietudi-

ne, si guardò attorno e disse sottovoce:
"Venite di là nel mio ufficio."
I due lo seguirono e, non appena entrati e richiusa la porta, il Benotti scoppiò in un pianto dirotto:
"Maresciallo, io non ho nessuna colpa. Quando lei mi ha minacciato di chiedere un mandato, mi sono spaventato per le possibili conseguenze e ho pensato di rivolgermi a una persona esperta; gli ho parlato della vostra visita e questa persona mi ha chiesto di prendere visione del registro, assicurandomi che avrebbe potuto aiutarmi a nascondere le assunzioni in nero.

Si è messo a un tavolino e io in piedi accanto a lui; poco dopo mi hanno chiamato al telefono e l'ho lasciato solo solo sì e no cinque minuti per rispondere a un fornitore; quando sono ritornato stava ancora sfogliando il registro e ha continuato a farlo in mia presenza.

Poi, richiudendolo, mi ha detto:
"Non c'è nessun problema; stai tranquillo! In queste schede c'è solo la firma delle varie persone, ma non c'è traccia alcuna di contratti in nero: se dovessero chiamarti, potrai sempre dire che hanno fatto un giorno di prova ma che non le hai assunte perché non ti hanno soddisfatto."e se n'è andato."

"E chi era questa persona ?", domandò Miceli.

"Mi perdoni, maresciallo, ma lei mi conosce da tempo: non posso dirglielo, perché in questo momento ha già altre grosse grane. Mi creda sulla parola!"

"Ma lo capisce che ci troviamo di fronte a un grave reato ? o lei mi dice il nome o io sono costretto a denunciarla come responsabile della sparizione della scheda!", ribadì Miceli.

Ma tutto fu inutile: Benotti non volle rivelare il nome e i due, sequestrato il registro, lasciarono l'albergo.

Appena risaliti sulla jeep, Miceli commentò: "Sento puzza di bruciato! E' chiaro che la scheda non si è persa, ma è stata deliberatamente fatta sparire dal registro perché lei avrebbe potuto riconoscere la firma, anche se fatta con un altro nome. Non credo però che ne sia responsabile il Benotti: ho la netta impressione che voglia coprire qualcun altro, molto ma molto in alto."

"Certo che avrei potuto riconoscere la firma della ragazza! Ma, mi dica, maresciallo, non pensa a nessun collegamento tra la morte delle due donne ?

Ammettiamo solo per un attimo che la persona molto in alto, come dice lei, e che, vista la posizione che occupa, sarebbe anche in grado di offrire una protezione al Benotti, sia il Direttore dell'Azienda Turistica, il Bodrin: potrebbe avere ucciso la moglie perché era venuta a sapere di una relazione con l'avvenente cameriera dell'Orso Bianco e potrebbe avere fatto sparire la scheda non appena saputo che lei stava indagando sulla ragazza.", suggerì Donato.

"Non è una cattiva idea, ma dobbiamo muoverci con molta prudenza, perché il Bodrin è molto ben visto in paese e ha protezioni in alto loco.

Se non sbaglio, lei alloggia al Sass Maor: se mi presento io in veste ufficiale a fare domande, sono convinto che tutti terranno la bocca chiusa; ma se invece lei riesce a entrare in confidenza con qualche cameriera o cameriere o con qualcuno della reception, può darsi che riesca a saperne di più.

Tenga presente che il Bodrin è di casa al Sass Maor per le frequenti cene di rappresentanza e per le partite a carte. Perché non ci prova ?"

"D'accordo, è una buona idea!", rispose Donato.

La sera stessa Donato si informò presso Roberto, il cameriere che lo serviva in tavola:

"Mi piacerebbe fare qualche partita a scopone scientifico. Non c'è nessuno in albergo che gioca a carte?"

"Non saprei, è solo da pochi giorni che lavoro qui; però, sa come succede, chiacchierando con i clienti e con i colleghi se ne vengono a sapere delle belle.

So che quelli del paese si trovano più volte alla settimana nella saletta qui sotto, ma non per giocare a scopa; quelli se non ci sono di mezzo i soldi non ci trovano gusto.

Giocano a poker, a scala quaranta, a canasta, a bridge; organizzano anche dei tornei presso i vari alberghi della valle, ma è una specie di club privato, raramente accettano la presenza dei forestieri, anche perché non si fidano per via del gioco d'azzardo."

"Cosa intende dire per alberghi della valle ? a Imer, Mezzano, Fiera e Siror ?"

"Senta, le chiamo il mio collega Toni, che è del posto e che le sarà più preciso di me; temo però che sia molto impegnato a servire in tavola, perché c'è ancora molto turismo in questo periodo per il gran caldo di quest'estate."

Si allontanò verso la cucina, mentre Donato gli gridava dietro:

"Quando ritorna, porti tre grappini, anche per il suo collega."

Dopo qualche minuto di attesa, Toni arrivò al tavolo di Donato insieme a Roberto e i due si sedettero accanto a Donato.

"Mi ha detto Roberto che lei desidera avere qualche informazione sulle attrazioni serali della zona..."

Donato lo interruppe:

"Forse Roberto ha capito male: a me interessava solo una partita a scopone."

"Eh, ma sa come va a finire: una cosa tira l'altra; qui c'è tutta una rete perfettamente organizzata che arriva a San Martino, al passo Rolle, a Bellamonte; si spinge fino a Predazzo, a fondo valle dall'altra parte del passo.

Comunque, se vuole saperne di più, se si ferma ancora qualche giorno, può parlarne con il signor Bodrin, il Direttore dell'Azienda Turistica; non adesso però, perché con quella disgrazia che gli è capitata, non credo proprio che sia il caso. Pare che sia nei guai."

"Perché nei guai?"

"Hanno trovato la moglie morta annegata a fondo valle e corrono voci che il maresciallo Miceli sospetti di lui a causa delle sue frequenti scappatelle.

Ma erano solo fatti occasionali; del resto, guardi, molte di quelle ragazze vengono qui a fare le cameriere solo con l'intenzione di arrotondare la paga in altro modo, specialmente se sono carine. Mi capisce, vero?"

"Immagino! Allora il Bodrin ha la fama di dongiovanni?"

"Eh, ma non solo lui! anche il segretario comunale fa la sua brava parte! dicono che a volte i tornei di carte sono solo una buona scusa per fare il giro degli alberghi a caccia di cameriere, con la complicità degli albergatori che gliele segnalano."

"Senta, visto che ho capito che è praticamente impossibile giocare a carte, quasi quasi penso di passare la serata in un'attività più interessante.

Non saprebbe indicarmi come fare? ha capito, vero?"

"Altro che se ho capito! in questo momento a Fiera non è il caso di parlarne, perché hanno tutti paura, però, se non ha problemi a spostarsi di qualche chilometro, si rivolga all'albergatore dell'Orso Bianco, a Bellamonte, subito al di là del passo Rolle.

Quello lì la accontenta subito; è sempre stato in combutta con il Bodrin e copriva le sue scappatelle; se penso a quella povera signora, sono convinto che ha fatto bene a ricambiarlo della cortesìa, se è vero quello che dicono."

"Cosa dicono? vogliono infangare la memoria di una morta?"

"Non lo dicono adesso; già prima della disgrazia si parlava di una relazione tra la signora Bodrin e il segretario comunale:

lui prima allontanava il marito da casa la sera procurandogli le avventure galanti e poi se la spassava con la moglie.

Oh, però, si ricordi che ho solo riportato quello che si dice in giro. Non voglio guai!"

"Ma si figuri! abbiamo solo fatto quattro chiacchiere.

E ora che ha parlato tanto e avrà la gola secca, beviamoci finalmente un grappino; alla vostra salute!"

Poi, rivolto a Roberto, proseguì:

"Allora è sempre d'accordo di accompagnarmi domattina all'alba a cercar funghi vicino a quel laghetto.....come ha detto che si chiama ?"

"Lago Calaita, io non l'ho mai visto, ma mi hanno detto qui in paese che è una zona buona: basta uscire dal sentiero e se ne trovano a cesti!", lo interruppe Roberto e Toni, che conosceva bene la zona, confermò che era una buona scelta.

"Allora ci troviamo giù nel salone alle 4 ?", domandò Donato e, avuta conferma da Roberto, proseguì:

"Sarà bene andare a dormire perché sono quasi le 23 e domattina ci sarà da scarpinare a lungo! Buona notte a tutti!"

Donato se ne andò soddisfatto, ma era ormai passate le 23 ed era troppo tardi per disturbare il maresciallo e raccontargli quello che aveva saputo, perciò decise di andare a dormire e rinviare il tutto all'indomani.

La mattina successiva, al ritorno da una deludente ricerca di funghi, era il 30 agosto, Donato si presentò da Miceli, ma non lo trovò: l'appuntato Beschin, rimasto a custodire la tenenza, gli riferì che c'era stato un altro delitto e il maresciallo aveva dovuto correre al lago di Forte Buso, nella foresta di Paneveggio, appena sotto al passo Rolle, perché era stato ritrovato annegato il Benotti, l'albergatore dell'Hotel Orso Bianco.

Gli sconsigliò anche di raggiungerlo perché il maresciallo era partito con un diavolo per capello e sarebbe stato meglio attenderne il ritorno.

Donato accettò di buon grado il consiglio e preferì rientrare in albergo, dove Roberto, che aveva appena ripreso servizio, non appena lo vide, gli andò incontro esclamando:

"Ha sentito ? quello di cui le avevo parlato ieri sera l'hanno trovato nel lago con il cranio fracassato; era troppo pericolosa la sua attività! forse sapeva qualcosa che non doveva sapere o ha visto qualcosa che non doveva vedere! ma lei è proprio sfortunato: non ha nemmeno fatto in tempo a ricevere le informazioni che le interessavano."

"Sì, me lo ha detto alla tenenza l'appuntato Beschin. Non invidio certo il povero Miceli; non saprà più che pesci prendere."

Nel tardo pomeriggio Donato provò cautamente a ritornare alla tenenza chiedendo timidamente del maresciallo, il quale, appena lo vide, lo apostrofò:

"E tre! ormai è diventato un rituale; di questo passo qui in valle dovremo fare ingrandire i cimiteri. Io non ce la faccio più! avrà già saputo tutto, immagino ?"

"Parzialmente, mi ha accennato qualcosa Beschin, questa mattina quando ero venuto qui per raccontarle alcune notizie molto interessanti che riguardavano tra l'altro, proprio il Benotti."

E raccontò dettagliatamente tutto quanto gli aveva rivelato il cameriere.

"E' incredibile! lei è riuscito in una serata a sapere più di quanto sono riuscito a sapere io in più di tre anni!"

"Già, ma lei non tiene conto dell'effetto divisa! chi vuole che le venga a confidare cose così scottanti nel timore che poi il tutto venga verbalizzato o registrato con tutte le possibili conseguenze ?"

Poi Donato continuò:

"Abbiamo fatto una lunga chiacchierata, prima con un cameriere che è qui da poco, poi con un altro del posto che me ne hanno raccontate di tutti i colori.

A proposito, siete riusciti a stabilire l'ora della morte del Benotti ?"

"Pare che alle 23 di ieri sera avesse dato la buona notte a tutti, dicendo che doveva alzarsi alle 5 per andare a funghi; lo hanno trovato a pancia in su nel lago verso le 9, ma la morte dovrebbe risalire ad almeno tre ore prima.", fu la risposta di Miceli.

"Che coincidenza! pensi che anch'io questa mattina proprio alla stessa ora sono andato a funghi verso il lago Calaita, una zona selvaggia ma bellissima qui vicina: mi ha accompagnato Roberto, il cameriere, ma non abbiamo trovato neppure un porcino, solo qualche manciata di finferli, sa quei funghetti gialli...."

"Beato lei, io non trovo mai neppure i finferli; certo che avete scelto una zona che solitamente è una ricca riserva di funghi, ma è un percorso tutto in salita dall'inizio alla fine, troppo faticoso per me!"

"Ci sono abituato; anche dalle mie parti in Valtellina per andare a funghi si lascia la macchina sulla statale e poi su di colpo in verticale!"

"Ma ritorniamo a quanto mi ha appena riferito: che cosa suggerirebbe di fare nei prossimi giorni ?", riprese Miceli.

"Secondo me, la prima cosa da fare è un rigoroso controllo degli alibi del Bodrin, sia per il giorno in cui è stata uccisa la moglie sia per questa mattina; non vedo, dopo quello che abbiamo saputo ieri dal Benotti e dopo quanto mi ha raccontato il cameriere, altri possibili responsabili.

Mi pare che tutto quadri, a meno che, già....., e il segretario comunale ? non trascurerei anche questa pista.

Potrebbero essere state due persone diverse gli autori dei due omicidi: la signora uccisa dal marito in un accesso di gelosia dopo aver scoperto la tresca e il Benotti che può aver parlato col segretario delle nostre visite minacciando per paura di raccontare tutto, ucciso dal segretario per farlo tacere per sempre. In questo modo i due compari sarebbero liberi di continuare le loro losche imprese!"

"Sono d'accordo che la prima mossa sia quella di controllare i loro alibi, ma non sono d'accordo con lei sul fatto che il Bodrin uccide la moglie e lascia perdere il segretario!", fu la conclusione di Miceli.

"Non è improbabile che la prossima vittima sia proprio lui!", fu il funereo commento di Donato.

Nei giorni successivi, si era ormai ai primi di settembre, il maresciallo e i suoi due appuntati, assistiti nelle indagini da altri tre carabinieri inviati dalla procura di Feltre, misero in atto il progetto, ma nulla emerse; i due indagati furono in grado di fornire alibi di ferro; non solo ma Miceli fu ufficialmente diffidato dalle autorità superiori ad avvalersi della collaborazione di Donato, il cui compito era secondo loro solo quello di stabilire l'identità della ragazza di Transacqua.

Qualche giorno dopo, era il 10 settembre, Donato, visto che non riusciva più ad approdare a nulla, ringraziato il maresciallo per la disponibilità mostrata, decise di rientrare a Tirano, anche perché l'agenzia della Securitas gli aveva imposto di rientrare non avendo ottenuto alcun risultato apprezzabile nelle sue indagini.

Donato si mantenne in stretto contatto telefonico con il maresciallo per tenersi informato di eventuali sviluppi del caso, ma non c'era alcuna novità.

Improvvisamente, il 15 settembre, arrivò a Donato una telefonata dal maresciallo Miceli:

"Donato, aveva proprio ragione! ha indovinato la successiva vittima: è stato ritrovato annegato nella piscina della sua villa il segretario comunale. Potrebbero esserci nuovi sviluppi del caso; forse è opportuno che mi raggiunga."

Il giorno dopo, visto che il lavoro dopo le ferie non era ancora ripreso a pieno ritmo e quindi gli impegni di ufficio erano di ordinaria amministrazione, Donato raggiunse il maresciallo Miceli a Fiera.

Dopo i convenevoli rituali di saluto, Miceli esordì:

"E ora voglio da lei le previsioni per il prossimo cadavere: siamo già a quota quattro."

"Non è facile a questo punto: comincio a non capirci più niente. Mi ero fatto un'idea precisa se ricorda l'ultimo nostro colloquio, ma ora cominciano a venirmi dei dubbi.

Non riesco ancora a collegare la morte della Bodrin con quella del segretario; ero convinto della versione che le ho esposto l'altra volta, ma ora non ne sono più troppo sicuro e sa perché ? è passato troppo tempo, più di 15 giorni, tra la morte del Benotti e quella del segretario.

La mia versione poteva essere credibile se i due omicidi fossero stati a breve distanza di tempo, ma da come sono andate le cose, ho paura di aver sbagliato tutto.

Comunque, secondo me, ora tocca al Direttore."

Miceli espresse le sue perplessità:

"Quello che vorrei capire è se si tratta di una faida di paese sfociata in una catena di omicidi nella quale uno uccide l'altro per qualche motivo a noi sconosciuto, o se invece questa incredibile serie è dovuta a una sola mente criminale che ha deciso di eliminare un certo gruppo di persone colpevoli, secondo lui, di avergli fatto qualche torto.

Per esempio, non potrebbe essere tutto legato alla morte della ragazza di Transacqua ? oppure, non potrebbero essere del tutto indipendenti uno dall'altro i vari delitti ?

Potrebbe anche darsi che la morte della ragazza sia stata solo la miccia che ha innescato la serie: qualcuno, aspettava solo l'occasione per approfittare della situazione confusa per scatenare tutto questo pandemonio."

"Se fosse così, dobbiamo riconoscere che si tratta di una mente diabolica. Io però resto convinto che tutto sia iniziato con la morte della ragazza di Transacqua; sa che cosa mi pare, se me lo permette, che non vada nel suo metodo di indagine ?

A meno che non sia cambiato tutto negli ultimi tempi, non mi risulta che si sia confidato o abbia interrogato a fondo la gente del paese, che so, il farmacista, il parroco, gli albergatori, tanto per fare dei nomi.

E poi, perché limitare le indagini a Fiera ? quello che abbiamo saputo dal Benotti e sul Benotti forse richiederebbe più approfondite ricerche in tutto il circondario."

"Non è proprio così, Donato, anche se devo in parte darle ragione; ma mi dica che cosa posso fare di più con due soli aiutanti.

Adesso, per esempio, arriverà il medico legale, autorizzerà la solita autopsìa, si faranno i funerali e tra due o tre giorni tutto passerà sotto silenzio in attesa del prossimo morto.

Però, io tengo aperta anche qualche altra pista: la scientifica di Belluno a cui avevo a suo tempo inviato gli orecchini della ragazza è riuscita a stabilire che si tratta di un articolo di produzione peruviana, infatti le teste umane in essi riprodotte sono di evidente scuola Incas, sia pure rifatte ai giorni nostri.

Ora stanno indagando per sapere chi sia in Italia l'importatore di bigiotterie peruviane e successivamente chi sono i distributori nelle varie città italiane o per sapere dalle varie agenzie di viaggio i nominativi delle persone che hanno effettuato a qualsiasi titolo viaggi in Perù negli anni 1972 e 1973.

Capisco che è una ricerca estremamente difficile, ma intanto ci proviamo."

Donato assentì:

"Non è una pista sbagliata, però penso che sia meglio concentrare tutte le forze sulla ricerca dei rivenditori, anche se dubito che un negoziante di souvenir possa ricordarsi a chi ha venduto nell'arco di due anni un paio di orecchini.

Potrebbe anche essere stato acquistato presso uno dei tanti extracomunitari che affollano le nostre strade e in tal caso chi può stabilire dove se lo sono procurato ?

Quanto alla seconda pista, credo sia solo una perdita di tempo: non è detto che abbia ricevuto gli orecchini in dono da qualche ammiratore; potrebbe esserseli compratai andando lei direttamente sul luogo."

"E' proprio quello che vogliamo stabilire! non dimentichi che dobbiamo ancora sapere chi è e da dove veniva la ragazza, e lei è il primo interessato."

"Maresciallo, stiamo avanzando congetture le più disparate, ma la mia agenzia vuole saperne di più: purtroppo lunedì devo assolutamente rientrare in sede: lei capisce che la compagnia non può permettersi di mandarmi in trasferta all'infinito senza alcun risultato.

Tra l'altro, il contratto di polizza prevede che se entro 30 giorni dalla consegna del certificato di morte presunta non riusciamo a produrre prove di invalidazione, la Compagnia debba provvedere alla liquidazione del premio."

"Vada tranquillo: capisco il problema, mi dispiace per la sua Compagnia, ma a questo punto temo proprio che dovrà pagare; la terrò comunque informata di eventuali novità, se ce ne saranno."

Fu tutto come aveva previsto Miceli e dopo due giorni, il 23 settembre, non essendosi registrata alcuna novità, Donato rientrò a Tirano.

Le previsioni di Donato si avverarono puntualmente: il 25 settembre il Direttore dell'Azienda di Promozione Turistica di Fiera venne trovato morto nei servizi dell'Hotel Sass

Maor da un avventore verso le ore 23.

La morte risaliva a poco più di mezz'ora, secondo il referto del medico condotto, e pareva dovuta a sfondamento del cranio con un corpo contundente del quale non c'era però traccia; secondo Miceli, immediatamente avvertito, appariva evidente che il delitto doveva essere avvenuto sul luogo del ritrovamento, essendoci sulle piastrelle delle pareti e sul pavimento del bagno numerose chiazze di sangue.

Donato venne avvertito telefonicamente la mattina successiva:

"Donato, questa volta forse ci siamo: come da copione, questa volta è toccato al Direttore; sarebbe opportuno che mi raggiungesse al più presto."

E ancora una volta Donato si precipitò a Fiera, dove giunse nel tardo pomeriggio.

Dopo aver raccontato i dettagli del ritrovamento del corpo, Miceli esclamò:

"Non mi rimproveri ancora di averla fatta venire qui per niente! Sono sicuro di aver risolto il caso e che lei non dovrà più tornare a Fiera se non per turismo.

E' mia intenzione convocare per domattina una conferenza stampa per fare il punto della situazione, perché credo di aver risolto il caso, anche in base a quanto sono riuscito a sapere sugli orecchini: i pezzi del puzzle ora si incastrano perfettamente.

Convocherò tutti coloro che in un modo o nell'altro sono coinvolti o si sono dati da fare in questo caso: da Bepi il pescatore, ai camerieri del Sass Maor, ai giornalisti dei quotidiani regionali, al sindaco, e avrei piacere che ci fosse anche lei."

"Ci sarò senz'altro, maresciallo! Sono ansioso di sapere che cosa ha scoperto di importante: non mi può anticipare qualcosa, in modo che possa avvertire la Securitas per tranquillizzarli ?"

"Donato, in questi anni questo caso mi ha dato tante pre-occupazioni: ora che sono quasi sicuro di averlo risolto, mi lasci almeno la soddisfazione di poter raccontare pubblicamente come ci sono arrivato.

Le posso dire solo una cosa, una cortesia nei suoi confronti per la collaborazione prestata: comunichi pure alla Securitas che non dovranno sborsare una lira perché l'intestataria della polizza non è morta!"

"Cooo..sa ?", trasecolò Donato; ma allora la ragazza di Transacqua non è Marina Falletti ?"

"Sì e no!", fu l'ambigua risposta del maresciallo.

"Ora, però, sono distrutto e vado a dormire; le consiglio di fare altrettanto, perché se la giornata di oggi, pur ricca di soddisfazioni, è stata molto pesante, quella di domani lo sarà ancora di più."

L'indomani mattina, alle 9, la sala della biblioteca comunale nella quale era stata indetta la conferenza stampa di Miceli era affollatissima: oltre al maresciallo e ai due appuntati, al sindaco, al dottor Franzetti, a Donato, a Bepi, erano presenti numerosi giornalisti e cameramen delle TV regionali, nonché due funzionari inviati dalla procura di Feltre.

Miceli dopo essersi scusato per aver fatto allontanare i numerosi curiosi tra i turisti perché la sala era troppo piccola per contenere tutti, diede inizio alla sua relazione:

"Ringrazio tutti quanti di essere intervenuti a quello che dovrebbe essere l'ultimo atto di questa tragica catena di omicidi; infatti penso proprio di essere arrivato alla soluzione di questo caso."

E, dopo aver presentato un sintetico resoconto dei vari omicidi degli ultimi tre anni, così li definì Miceli con estrema convinzione, riassunse le sue conclusioni.

"Ritorniamo al febbraio 1973: la ragazza di Transacqua, ormai la conoscono tutti con questo nome, anche se il suo vero nome lo apprenderete tra poco, era stata a servizio in un albergo di Bellamonte, l'Orso Bianco, sotto falso nome; mi è stato relativamente facile accertarlo richiedendo la descrizione della ragazza, totalmente coincidente con quella che ne aveva dato a me e al mio occasionale collaboratore Donato, il Benotti, il gestore dell'Hotel Orso Bianco.

La ragazza era stata presentata come cameriera stagionale al gestore Benotti con falsi documenti come Franca Boselli, nata a Pergine, dal signor Bodrin, il direttore dell'Azienda di Promozione Turistica di Fiera; la scusa, ben motivata, era che nei periodi di punta, e il mese di febbraio lo è, si deve dare precedenza nelle assunzioni alle native della regione Trentino-Alto Adige e, come sapete, Pergine è in provincia di Trento.

Sarebbe stato pressoché impossibile farla assumere regolarmente con i suoi documenti, anche perché la ragazza avrebbe potuto benissimo fare la stagione in Valtellina, dove viveva normalmente, e dove la stagione invernale offriva pari opportunità di lavoro.

Ma c'era un motivo particolare: il Bodrin nel mese di ottobre aveva partecipato, come ho potuto facilmente accertare consultando i documenti negli uffici dell'Azienda di Promozione Turistica, a un convegno per operatori turistici a Tirano.

Qui aveva conosciuto la ragazza e se n'era invaghito, allacciando con lei una relazione che sarebbe poi continuata comodamente, non a Fiera, dove troppi lo conoscevano, ma nelle immediate vicinanze, per l'appunto a Bellamonte, facilmente raggiungibile la sera in un'oretta di macchina.

Se poi si aggiungevano anche la comoda scusa dei tornei di carte, la compiacenza del gestore dell'Orso Bianco e la copertura del segretario comunale di Fiera, tutto sarebbe stato più facile.

Le cose andarono avanti bene, almeno così credeva il Bodrin, ma, a fine marzo, finito il periodo stagionale, la ragazza rientra a Talamona, dove, dopo qualche tempo, scopre di essere rimasta incinta e, disperata, si rivolge telefonicamente al Bodrin dandogli la brutta notizia.

Il Bodrin la tranquillizza e le promette un altro posto di lavoro per il periodo estivo; ai primi di agosto la ragazza viene assunta come stagionale sempre con documenti falsi, ma questa volta non più a Bellamonte, ma addirittura a Fiera, all'hotel Sass Maor, per poterla tenere sotto controllo; del resto la ragazza ha una struttura fisica minuta e il suo stato di gravidanza non è ancora visibile.

Ora nasce il problema: il Bodrin si consulta col segretario che è al corrente delle sue avventure galanti, nelle quali lo ha spesso aiutato non disinteressatamente, in quanto tutti in paese sapevano che il segretario gliele procurava per tenerlo lontano dalla moglie, con la quale poi se la spassava in sua assenza.

Era chiaro che c'era una sola soluzione: fare abortire la ragazza.

Ma lei non ne vuol sapere: vuole la nascita e il riconoscimento del bambino, anche se non le importa di sapere che il Bodrin è sposato.

A questo punto il Bodrin si consulta con il segretario comunale e insieme decidono l'eliminazione della ragazza: il Bodrin le fissa un appuntamento nei pressi del ponte di Transacqua, la sera, a fine turno di lavoro, con la scusa che non è opportuno farsi vedere alla luce del sole.

Qui insieme a lui c'è il segretario: tentano ancora di convincerla ad abortire ma, al nuovo netto rifiuto della ragazza, non rimane altro da fare che ucciderla a bastonate in testa e gettare il corpo dal ponte nella profonda buca sottostante; oltre a essere sicuri che le ecchimosi provocate dalle bastonate si sarebbero facilmente confuse con le testate contro i massi del torrente, sono anche convinti che il corpo vi resterà a lungo e se comunque dovesse un giorno essere ritrovato sarebbe irriconoscibile.

Ma non sono stati fortunati! La notte stessa i custodi della diga di Basson ricevono l'ordine di aprire la chiusa per ridurre il livello del bacino troppo cresciuto dopo gli ultimi giorni di pioggia: l'onda di piena che si riversa nel Cismon provoca l'espulsione del corpo che viene trascinato a valle fino a incastrarsi tra i massi della polla nella quale verrà ritrovato da Mirko, il cane di Bepi.

Ora qualcuno potrebbe chiedermi come ho fatto a ricostruire con certezza tutto ciò che vi ho appena esposto: non è stato semplice, ma credo che non vi siano dubbi.

Nei mesi successivi al ritrovamento del corpo, visto che non riuscivamo a venire a capo di nulla, ho chiesto a molte persone di Fiera un alibi per la sera presumibile del delitto.

Notate che la data non era certa perché il medico condotto e l'altro medico che eseguì successivamente l'autopsìa l'avevano fissata con un'incertezza di 24-48 ore, ma il Bodrin e il segretario si erano costruiti un alibi reciproco dichiarando, senza essere messi a confronto, che la sera del 10 agosto 1973 erano andati insieme a Predazzo per assistere a un concerto del coro Fiordaliso, aggiungendo anche di essersi tanto divertiti, ma ignorando che la serata era stata rinviata per un'improvvisa indisposizione del maestro.

Come alibi, non faceva una piega; chi avrebbe potuto smentirli, se non fosse capitata la fortunata, per noi, indisposizione del maestro? Sono stati davvero sfortunati!

Ma ora arriva la parte più interessante della storia: qualcuno, certamente della famiglia della ragazza, dopo circa un mese scoperchia la tomba, non alla ricerca degli orecchini, di modesto valore, ma con la speranza di riconoscere il corpo, sapendo che nella bocca della ragazza c'è una capsula dentaria in oro al quinto superiore.

Effettuato il riconoscimento, rientrano al paese, meditando la vendetta. Però, per vendicare la morte della ragazza si deve conoscere il nome dell'assassino e momentaneamente la cosa è impossibile; non è neppure conveniente per loro fermarsi a Fiera, perché potrebbero destare sospetti.

La fortuna che non ha affatto aiutato il Bodrin e il segretario sembra arridere invece ai nostri due: a casa del Bodrin sono stati decisi da tempo lavori di rinnovamento; la cantina deve essere trasformata in taverna.

Mentre gli operai addetti ai lavori stanno sbaraccando la vecchia e ammuffita cantina per bruciare in cortile i vecchi scaffali ormai fatiscenti, da un vecchio canterano esce una busta. La signora Bodrin, incaricata dal marito di controllare l'andamento dei lavori, la vede, la raccoglie e la apre: all'interno vi sono i documenti di una ragazza valtellinese, gli stessi che il Bodrin si era fatto consegnare dalla ragazza sostituendoli con quelli falsi. Ho saputo del ritrovamento andando a interrogare gli operai addetti ai lavori a casa Bodrin.

La signora nei giorni successivi racconta al marito che intende fare un giro turistico e, senza precisare dove va, si reca al paese della ragazza - e questo l'ho appreso mandando là l'appuntato Scotti - dove riesce a sapere che la ragazza era stata due volte in Trentino, da dove, dopo la seconda uscita stagionale, non era purtroppo più rientrata.

La Bodrin viene anche a sapere che la ragazza aveva un fratello. Ritorna a Fiera, ma, prima di arrivare, scrive una lettera anonima alla famiglia della ragazza, suggerendo di indagare a Fiera, perché probabilmente la morta di Transacqua era proprio la loro parente e il responsabile della morte avrebbe potuto essere il direttore dell'Azienda di Promozione Turistica Bodrin.

Il fratello della ragazza e un amico di famiglia che, avendo scoperchiato la tomba, avevano purtroppo riconosciuto il corpo della ragazza di Transacqua, non aspettano altro: piombano a Fiera alloggiando nello stesso albergo, il Sass Maor, facendo finta di non conoscersi allo scopo di procurarsi al momento opportuno, se necessario, un alibi reciproco.

Uno dei due si presenta come un agente finanziario, l'altro non fatica a farsi assumere come cameriere, tenendo conto che si accontenta di poco e all'albergatore serve mano d'opera perché l'albergo è esaurito.

Ma facciamo un passo indietro.

Quando la Bodrin rientra a casa, la fatalità si accanisce contro di lei: uno degli operai addetti alla distruzione dei vecchi mobili della cantina si presenta al marito con un pacco di vecchie scartoffie chiedendo cosa ne deve fare:

"Non vorrei che si trattasse di documenti importanti come quello recuperato la settimana scorsa dalla sua signora."

Il Bodrin si ricorda improvvisamente della busta e comincia a sospettare: quando la moglie rientra a casa l'aggredisce per sapere dove è stata in vacanza e cosa ha fatto della lettera ritrovata.

Ne nasce un violento alterco nel corso del quale la signora, spinta violentemente dal Bodrin, batte il capo contro la trave in noce del caminetto e muore sul colpo.

Il Bodrin, disperato, decide di consultarsi col Benotti - non con il segretario comunale del quale aveva già qualche sospetto circa la relazione con sua moglie; insieme decidono nottetempo di sbarazzarsi del cadavere a fondo valle gettandolo nel Cismon.

Quando ho interrogato il Benotti nei giorni successivi mi riferì che quella sera il Bodrin non era andato a giocare a carte perché il segretario gli aveva procurato un incontro galante in un albergo di Imer. E il segretario, per coprirlo come al solito, preavvisato dal Bodrin, ne aveva confermato l'alibi.

Mi chiederete come ho fatto a scoprire l'esistenza della lettera anonima: è evidente che non ho potuto trovarla; però la sorte mi ha aiutato ugualmente: la povera signora Bodrin sapeva che era molto pericoloso per lei lasciare in casa l'indirizzo a cui aveva scritto, perché tale indirizzo era a conoscenza del marito.

Del resto non intendeva distruggerlo, perciò, in attesa di trovare un posto sicuro in cui nasconderlo, nascose un bigliettino tra i propri indumenti intimi; quando venne eseguita l'autopsìa, alla mia presenza, il bigliettino con la scritta D.V., via della Chiesa,44, Talamona (SO) era ancora addosso alla povera Bodrin e nessuno, tranne me e il medico, ne ha mai saputo nulla.

A questo punto è opportuno che sappiate che proprio il giorno prima io e il signor Donato, che mi ha tanto aiutato nelle indagini, eravamo andati dal Benotti a cercare un documento per il riconoscimento della firma della ragazza che aveva a suo tempo prestato servizio all'Orso Bianco; di fronte alla riluttanza del Benotti, lo avevo minacciato di chiedere un mandato al giudice.

Il Benotti, spaventato, aveva riferito il colloquio al Bodrin, il quale aveva ben altri problemi per la testa: si recò a trovare il Benotti, si fece aiutare a eliminare il cadavere della moglie e promise di aiutarlo a risolvere i suoi problemi fiscali; consultando il registro delle presenze del personale stagionale, approfittando anche della telefonata che allontanò momentaneamente il Benotti, fu per lui un gioco da ragazzi far sparire la scheda della presunta Boselli.

Dopo tre giorni siamo ritornati con il mandato del giudice, ma il Benotti sembrava molto più tranquillo; ci dichiarò che non era il caso di arrivare con il mandato, perché aveva rintracciato il registro, che era a nostra disposizione; ma dal controllo del registro risultò mancare la scheda di cui ho già parlato.

Nel pomeriggio dello stesso giorno, qualcuno telefona al Benotti chiedendo di fissargli un incontro per la mattina successiva, ma viene a sapere che è meglio spostare l'incontro al pomeriggio perché la mattina all'alba il Benotti ha intenzione di andare a cercare funghi nella foresta di Paneveggio.

Questo qualcuno, che l'ha giurata al Benotti, come vedremo tra poco, la mattina lo aspetta non visto all'uscita dall'albergo, lo segue fino al bosco e lo attacca alle spalle colpendolo con una sassata alla tempia; ne trascina il cadavere gettandolo nel sottostante lago di Forte Buso.

Nel frattempo qualcuno viene a sapere che il segretario comunale aveva una relazione con la signora Bodrin e, essendo informato del fatto che il segretario e il Bodrin erano in combutta, conclude che il segretario era corresponsabile della morte della ragazza; uno dei due amici uccide il segretario penetrando nottetempo nella piscina della sua villa.

Adesso qualcuno potrebbe domandarsi come io sia riuscito a risalire alla ragazza.

Pensate che la soluzione me l'ha suggerita proprio uno degli assassini! Poi chiarirò anche questo punto.

A parte la prevedibile conclusione della successiva puntata con l'omicidio del Bodrin, rinvenuto cadavere nella stessa polla in cui era stato ritrovato il corpo della ragazza, ora viene quella che, a mio avviso, è la parte più interessante del giallo.

Dicono che l'appetito vien mangiando: i nostri due amici, per coprire le spese del soggiorno a Fiera, hanno architettato un bel trucco.

Una carissima amica di famiglia, Franca Falletti, si era appena laureata in archeologìa e desiderava da tempo di recarsi in Perù per ricerche presso le rovine di Macchu Picchu, la città perduta degli Incas, ma le modeste possibilità finanziarie della ragazza e le ingenti spese di permanenza non glielo avrebbero consentito; allora, ben consapevoli del pericolo costituito dalle bande di Cuzco che aggrediscono e assassinano senza pietà i turisti, hanno stipulato con il suo consenso una cospicua assicurazione sulla vita con i cui proventi avrebbero pagato le spese dell'archeologa nonché le loro e hanno spedito in Perù la ragazza.

Erano anche stati favoriti dal fatto che la ragazza non aveva più alcun parente e della polizza-vita risultava beneficiario amico, R.F., il cui cognome non avrebbe potuto destare sospetti.

C'era ovviamente una condizione ben precisa: la ragazza non avrebbe più potuto rientrare in Italia, almeno non al paese di origine, perché sarebbe stata riconosciuta e avrebbe dovuto restituire l'intero importo della polizza incassata; ma questo non era un problema serio, perché avrebbe sempre potuto procurarsi documenti falsi e stabilirsi in un'altra regione italiana, se proprio avesse pensato di ritornare in patria.

Ora è però opportuno un chiarimento.

Quando è stata stipulata la polizza-vita ? e da chi ? E' ovvio che, se una compagnia di assicurazione è disposta a pagare un premio, esiste una regolare polizza, a meno che non si tratti di un falso.

La ragazza è stata trovata nel greto del Cismon il 10 agosto 1973, quindi la polizza doveva essere già stata stipulata a quella data; ma io avevo qualche dubbio; è vero che la copia autenticata presentatami da Donato pareva regolare, ma nelle copie le eventuali correzioni da falso non si riescono sempre a individuare chiaramente, perciò decisi di prendere visione dell'originale; ma il problema era quello di non destare sospetti sull'interessato e allora, mentre noi siamo qui, i miei due appuntati Scotti e Beschin e due periti calligrafi nominati dal tribunale di Feltre stanno attentamente esaminando a Tirano la polizza originale e da un momento all'altro sto aspettando un'importante conferma dei miei sospetti.

Tutto questo è avvenuto però più di tre anni fa; nel frattempo, la ragazza era stata dichiarata scomparsa e dopo tre anni, il mese scorso, è arrivata dal tribunale la dichiarazione di morte presunta e la compagnia di assicurazione avrebbe dovuto liquidare la bella somma di tre miliardi di lire a R.F.; infatti il mio amico Donato Valtolini è arrivato a Fiera inviato dalla compagnia Securitas con l'incarico di controllare se per caso il corpo rinvenuto a Transacqua non fosse quello della Falletti, perché la polizza escludeva il caso di omicidio o di suicidio.

Il tutto era ben architettato: da una parte i due lestofanti avevano potuto stabilire scoperchiando la tomba che la ragazza di Transacqua era proprio la ragazza valtellinese e quindi organizzare la vendetta, dall'altra Donato avrebbe potuto comunicare alla Securitas che il corpo non era quello di Marina Falletti, consentendo la liquidazione della polizza a R.F..''

Intanto, Miceli stava dando chiari segni di impazienza continuando a guardare l'orologio.

A un tratto trilla il telefonino cellulare, Miceli lo afferra e dopo aver ascoltato chi stava parlando dall'altro capo del filo per circa un minuto, esclama:

"Un momento, per favore, ora inserisco la viva voce: potrebbe cortesemente ripetere molto lentamente tutto ciò che mi ha appena riferito, precisando dove si trova ?"

Dall'altro capo del telefono si udì chiaramente la voce dell'appuntato Beschin:

"Maresciallo, sono Beschin e mi trovo negli uffici della Securitas di Tirano insieme ai due periti calligrafi; abbiamo appena ultimato l'analisi dell'originale della polizza-vita a favore di un certo Roberto Fedeli e pare che non ci siano dubbi che si tratti di un falso; la data di stipula riportata sulla polizza sembra essere il 12 gennaio '73, ma un attento esame con la lente di ingrandimento ha rivelato che la scritta originale, abilmente alterata ricorrendo alla cancellina, era il 12 giugno 1972.

Anche altre scritte sul contratto di polizza presentano cancellature; i periti sostengono trattarsi di una polizza-vita stipulata a favore di altra persona e il cui originale è stato fotocopiato e modificato con altro nome, altro beneficiario e altra data.

Ora la saluto: ci vediamo questa sera con la relazione dei periti."

Un diffuso mormorìo agitò la sala; Miceli attese con calma che si ristabilisse il silenzio, diede un colpo di tosse, poi, dopo un attimo di attesa, avendo notato che da una delle ultime file di poltrone della sala un uomo si era alzato dirigendosi verso l'uscita, gridò:

"Donato, è inutile che tenti la fuga: fuori dalla sala troverà almeno trenta carabinieri!"

Poi, mentre Donato veniva ammanettato e condotto fuori, dopo aver atteso che il brusìo del pubblico presente finisse, continuò:

"E' stata dura, lo ammetto; avevano architettato tutto secondo il manuale del delitto perfetto, ma hanno commesso due gravi errori: il primo è stato l'eccessiva premura di crearsi un alibi non richiesto, quando Donato ha sottolineato con molta enfasi che mentre veniva ucciso il Benotti lui e il cameriere Roberto si trovavano anche loro a cercar funghi dalle parti del lago Calaita; la cosa mi ha insospettito e ho provato a tendere una trappola. E' la strategia a cui ricorrono gli inquirenti quando non sanno più che pesci prendere e devo riconoscere che ho avuto fortuna.

La trappola ha funzionato: quando ho accennato al fatto che il percorso per arrivare al lago Calaita è ripidissimo, Donato ha annuito, ma tale percorso è invece totalmente pianeggiante, quindi era la prova che Donato al lago Calaita non c'era mai stato.

Il secondo errore è stato, come ho detto prima, il suggerimento dello stesso Donato di svolgere indagini presso i rivenditori di souvenir turistici esotici, ben sapendo che non sarei approdato a nulla; io ho invece optato per informarmi sulle liste di partenza degli aerei sia da Malpensa che da Fiumicino, ma il nome della Falletti non compariva.

Ho allora pensato che forse le era stato suggerito un itinerario diverso per raggiungere il Perù, oppure che il biglietto aereo era stato prenotato sotto falso nome".

Miceli tirò il fiato e, dopo una breve pausa, continuò: "Poi mi sono ricordato che i visti rilasciati dall'Ambasciata del Perù, come del resto da tutte le altre ambasciate, si danno solo dopo aver visionato il passaporto; a quel punto, ho pensato che l'unica possibilità era quella di far richiedere ufficialmente dalla Procura della Repubblica di Feltre l'elenco dei visti ed ecco, finalmente, immaginatevi con quale immensa soddisfazione, scorrendo i vari nomi, ho letto quello di Marina Falletti.

Evidentemente Donato mi aveva lanciato una sfida, sicuro che un modesto maresciallo di un paesino di montagna mai e poi mai sarebbe arrivato a procurarsi quegli elenchi."

Un giornalista de "L'Adige" presente in sala lo interruppe: "Complimenti, maresciallo! Sherlock Holmes al suo confronto pare quasi un dilettante. Ma alcuni punti della sua relazione mi risultano poco chiari.

Per esempio: come ha fatto a scoprire che il cameriere era un amico di Donato ..... ?"

Miceli, senza dargli tempo di completare l'elenco dei dubbi, lo interruppe a sua volta:

"Elementare, come avrebbe risposto l'illustre investigatore al quale mi sento onorato di essere stato sia pure immeritatamente paragonato: quando Donato, tradendosi sul lago Calaita, mi insospettì - e pensare che fino a quel momento non avevo mai pensato neppure lontamente di poterli inserire nella lista dei possibili responsabili degli omicidi - è stato per me un gioco andare in Direzione al Sass Maor e chiedere di visionare l'elenco del personale stagionale.

Il cameriere era un certo Roberto Fedeli e proveniva da Talamona, il paese della povera Irma Valtolini - questo era il nome della ragazza di Transacqua - e non mi è stato difficile ricostruire tutta la vicenda.

A proposito, il Fedeli non è in sala, ma molto probabilmente la sua cattura sarà solo questione di ore: non può essere andato molto lontano."

Di lì a poco, infatti, un fax proveniente dal posto di frontiera di San Candido, comunicava che il Fedeli era stato bloccato mentre stava per varcare il confine con l'Austria.

Uscendo dalla sala dopo aver chiarito altri dubbi e aver ricevuto le congratulazioni da parte delle varie autorità presenti, Miceli vide Donato, ammanettato e seduto in corridoio su una panca in mezzo a un nugolo di carabinieri; gli si avvicinò con aria quasi rattristata:

"Mi dispiace, Donato; sapesse quanto ho sofferto nel prendere questa decisione, ma ho dovuto farlo, nonostante mi fossi reso conto che in fondo quei due delinquenti non avrebbero meritato una miglior sorte.

Quello che però non sono ancora riuscito a capire è il motivo per cui avete ucciso il Benotti: in fondo lui non aveva proprio niente a che fare con l'assassinio di sua sorella.

Capisce che un conto è venire incriminati per falsificazione di un documento quale la polizza-vita, ben più grave è l'aver commesso un omicidio premeditato...."

Donato lo interruppe mestamente:

"Non è come crede lei, maresciallo: l'omicidio del Benotti non era premeditato. Quando, telefonando il giorno prima, volevo parlargli con urgenza, la mia intenzione era quella di obbligarlo a confessare la responsabilità del Bodrin nella morte di mia sorella.

Venuto a sapere che la mattina sarebbe andato a funghi, io e Roberto ci siamo nascosti fuori all'albergo, lo abbiamo seguito favoriti dal buio e, giunti nel bosco, lo abbiamo affrontato per convincerlo a dire tutto quanto sapeva; l'ho anche minacciato di denunciarlo per la questione delle assunzioni stagionali in nero, ma non c'è stato nulla da fare; allora ho cambiato stategìa: gli ho detto che era immorale coprire un assassino e sa cosa mi ha risposto ? che se in tutta la storia c'è stata una persona immorale questa era mia sorella che si era messa con uno sapendo che aveva famiglia!

A questo punto non ci ho visto più e insieme a Roberto lo abbiamo massacrato!" "Potrà forse essere un'attenuante al processo, ma avrebbe dovuto evitarlo. Comunque, buona fortuna, ne avrà molto bisogno: peccato davvero, ormai per me lei era ormai diventato il mio inseparabile dottor Watson!"

Morte a San Teodoro

Franco e Tina erano perdutamente innamorati della Sardegna; purtroppo l'avevano scoperta troppo tardi per goderla pienamente, ma ora che le figlie, diventate grandi, se ne andavano in vacanza con gli amici o i fidanzati, avevano deciso di recuperare il tempo perduto. Così, tutti gli anni, a metà settembre, quando il clima è più fresco, i turisti sono in numero ridotto e l'isola si fa ammirare in tutta la sua selvaggia bellezza, Franco e Tina si prendevano altre due settimane di vacanza: nella prima giravano l'isola esplorando tutti i più remoti anfratti, visitando tutte le grotte, le bellissime chiese sconosciute al turismo di massa, i paesi dell'interno senza alcuna paura delle false dicerie sui briganti in agguato. Franco in particolare aveva una grande simpatia per i sardi, forse perché il loro carattere chiuso e schivo rassomigliava un po' al suo; ne apprezzava moltissimo la cucina genuina e sobria, mentre meno entusiasta era dei vini: riteneva di troppo elevata gradazione i rossi e troppo "morti" i bianchi, lui abituato com'era a bere tra i bianchi solo il prosecco di Valdobbiadene.

Negli anni precedenti avevano visitato la Gallura, la Barbagia, il Sulcis e le sue miniere: quell'anno avevano deciso di visitare l'Ogliastra, perciò avevano affittato un appartamento a Tortolì, da dove avevano in progetto di partire quotidianamente in avanscoperta dei meravigliosi interni di Baunei, Giairo, Lanusei, Sadali, Belvì ecc. per poi sostare a ritemprarsi le forze per una settimana di mare nelle stupende cale della zona di Dorgali, cala Luna, cala Gonone, cala Goloritzè, cala Mariolu. Erano partiti in aereo da Milano per Olbia e avevano prenotato un'auto a noleggio ritirandola all'aeroporto di Olbia: per arrivare a Tortolì la strada non era lunga, poco più di 150 km, ma era un percorso che Franco non conosceva e, a giudicare dalla cartina, sinuoso e impervio specialmente nel tratto finale.

L'aereo era partito da Milano con quasi un'ora e mezzo di ritardo e una volta sbrigate le formalità per il ritiro dei bagagli e dell'auto, riuscirono a trovarsi fuori Olbia sulla superstrada per Nuoro verso le diciannove. Tenendo conto che la stagione era già avanzata e le giornate decisamente più corte che in piena estate e aggiungendo che cominciava a farsi sentire un certo languorino dato che in tutto il giorno avevano mangiato solo un paio di panini, Franco propose: - Comincio a sentire i morsi della fame. Che ne diresti di fermarci a mangiare qualcosa al primo ristorante che troviamo sulla strada? non possiamo arrivare a Tortolì ancora a stomaco vuoto, con il rischio di non trovare neppure un ristorante aperto, visto che siamo fuori stagione. Tina era pienamente d'accordo, aggiungendo: - E se ci fermassimo anche per la notte non sarebbe meglio? Ripartiamo domattina all'alba ben riposati e con migliori condizioni di visibilità: l'idea dover percorrere tanti chilometri al buio mi spaventa. Erano nel frattempo arrivati in località San Teodoro a una quarantina di chilometri da Olbia e sulla destra intravidero delle insegne luminose che facevano pensare a un albergo; poco più avanti, infatti, ecco comparire l'insegna dell'Hotel Le Gardenie. Era un complesso costituito da un ampio parco alberato, una piscina, un parcheggio per pullmann e due costruzioni, una, a due piani, doveva essere l'albergo vero e proprio, l'altra, con un solo piano terra, una dependence. C'era disordine dappertutto, quelle che un tempo erano state aiuole fiorite, ora erano un ammasso di sterpaglie; il vialetto di accesso all'entrata principale recava ai due lati due lunghe file di vasi pieni di terra e di erbacce; in compenso il profumo di cibo che veniva incontro al visitatore era allettante. Franco lasciò Tina in auto per informarsi sulla possibilità di alloggio e di cena; c'era posto solo in dependence, ma il prezzo era contenuto e ne valeva la pena, perciò tornò all'auto dicendo a Tina:- Possiamo mangiare e dormire, però ci tocca andare in dependence: niente di male, è solo per una notte; ah, ricordami di avvertire a Tortolì che arriveremo domattina; ci staranno aspettando. Era arrivato il ragazzo che li accompagnò alla stanza n.107 augurando la buona notte, ma Tina protestò gentilmente: - Ma noi vorremmo anche cenare! Non mi dirà che è tardi? - Mi scusi, signora, non lo sapevo. Potete accomodarvi in sala quando volete.

Franco controllò per prima cosa se alle finestre c'erano i blocchi alle tapparelle e brontolò rivolto a Tina: - Capisci perché non mi andava l'idea della dependence? siamo al piano terra, non c'è aria condizionata e fa caldo: non possiamo chiudere le finestre e mi toccherà dormire tutta notte con un occhio aperto; comincia proprio bene questa vacanza! Speriamo almeno di mangiare qualcosa di buono! Bene, io vado fuori a fumare una sigaretta; appena sei pronta andiamo a cena.

Pochi minuti dopo erano in sala da pranzo, dove li accolse un distinto cameriere in frac, il tipico bel ragazzo mediterraneo, che porse loro il menu, ma si permise di suggerire le specialità della casa che non richiedevano tempi lunghi. Scelsero spaghetti alle arselle e fritto misto di gamberoni e scamponi con insalata mista; quanto al vino, Franco fece inorridire il cameriere rifiutando il vermentino, giudicato da lui un vino bianco troppo poco vivace e optando per un cannonau nero. Mentre aspettavano che venisse servita la cena, Tina e Franco si divertivano, come loro abitudine ogni volta che andavano al ristorante, a studiare i clienti tentando di indovinarne la tipologia. Il locale era abbastanza affollato tenendo conto che la stagione estiva era ormai al termine. Nonostante le apparenze esterne facessero pensare a una trattoria di campagna, la sala da pranzo era molto curata: i tavolini erano rotondi, apparecchiati con una finissima tovaglia rosa e verde, le pareti erano verniciate con smalto opaco di un delicato colore acqua marina e l'illuminazione tutta in appliques con paralumi in un tessuto che riprendeva motivi e colori delle tovaglie. Al tavolino accanto al loro sedeva una bella donna molto accuratamente truccata, sulla quarantina: elegante, piuttosto provocante nel vestire, ma non volgare; portava corti capelli corvini, con riflessi quasi violetti e Tina si accorse subito dell'interesse di Franco: - Sei già imbambolato a guardare quella donna e ti sei seduto in modo da poter ammirarne le gambe; con quella minigonna che quasi lascia fuori le gambe fino all'ombelico, si intuisce subito che quella è in cerca di avventure. Del resto vedo che non sei il solo interessato: tutti gli uomini, compresi i due camerieri, hanno lo sguardo puntato verso di lei!

- Sei invidiosa, Tina? Non sarà colpa sua se è ben dotata da madre natura e neppure degli uomini se vedendo un'opera d'arte si soffermano ad ammirarla!

A un altro tavolino sedeva una insignificante ragazza sulla trentina, non si poteva dire fosse brutta, ma la sua aria dimessa rivelava che non aveva cura alcuna della propria persona. Poi c'era, anche lui solo, un anziano ometto con una barbetta grigia che ricordava il conte di Cavour, almeno come ci viene proposto nei ritratti. A un altro tavolino c'era una giovane coppia di ragazzi che avevano appena finito una pizza margherita – la meno cara del menu - e due birre piccole e ora avevano ordinato un gelato. A un altro tavolo era seduta una famiglia di quattro persone, i genitori e due bambini sui cinque o sei anni, seduti per modo di dire, perché i due pic-

coli non facevano che rincorrersi per la sala sotto gli sguardi di disapprovazione dei due camerieri e degli altri clienti. Infine, anche lui da solo, un distinto signore sulla quarantina elegante e curato, che da quando Tina e Franco si erano seduti aveva ingurgitato con grande voracità una porzione di spaghetti alle vongole, una enorme grigliata mista di pesce, un fritto misto e non aveva alcuna intenzione di fermarsi. Ma erano passati circa tre quarti d'ora e al tavolo di Franco e Tina non era ancora arrivato niente; Franco, spazientito, si rivolse al cameriere: - Meno male che ci ha suggerito i piatti rapidi, altrimenti avremmo potuto tornare domani sera, ci porti almeno da bere perché qui dentro si muore di caldo! La lamentela di Franco ebbe un immediato riscontro: arrivarono le arselle portate dal cameriere più anziano e le bevande di cui si occupava il più giovane. Dopo aver stappata la bottiglia, averne versato un dito per l'assaggio a entrambi e aver avuto parere favorevole, il ragazzo si abbassò all'orecchio di Franco:
- Scusi, signore, è sua la macchina rossa parcheggiata qui davanti?
- Se è una Punto, sì, perché?
- Con calma, quando avrà cenato, dovrebbe farci la cortesia di spostarla perché quel parcheggio è riservato allo scarico merci; la porti pure nel vialetto dove alloggia, lì non darà nessun fastidio. Grazie.
- Ma tu non sei il ragazzo che ci ha portato le valige?
- Sì, non solo, ma devo anche occuparmi del giardino: sa com'è, in alta stagione c'è un addetto per ogni mansione, ma ora, con pochi clienti, ci si deve arrangiare.
- Come ti chiami e cosa fai durante l'anno?
- Mi chiamo Gavino e frequento l'ultimo anno dell'Istituto Alberghiero a Nuoro, ma scusatemi, ora devo lasciarvi perché la signora mi chiama. Buon appetito!

- Franco, avevi detto che non ci vedevi più dalla fame, ma mi pare che tu abbia più voglia di chiacchierare che di mangiare!
- Tina, non hai idea di come possa far piacere a questi ragazzi trovare un cliente che si interessi di loro e non li tratti come degli anonimi numeri! Questo ragazzo, che è certamente del luogo, almeno a giudicare dal nome, forse durante l'anno è costretto anche a fare il pastore.

Intanto avevano aggredito il fumante profumato piatto di spaghetti alle arselle. Terminata la cena, rivelatasi di buona qualità, i due si diressero all'auto e la spostarono a pochi metri dalla loro stanza sul lato del vialetto più lontano dalla finestra, perché quello più vicino era ancora allagato dalla irrigazione eseguita poco prima dallo stesso Gavino.

Tina e Franco fecero quattro passi nel parco e poi decisero di andare a dormire. Franco poté notare che stando coricato sul letto aveva la completa panoramica della piscina situata proprio di fronte alla loro stanza e ciò lo tranquillizzò; in pochi minuti erano entrambi addormentati. Dopo un paio d'ore Franco si svegliò, forse per l'afa, forse per un sesto senso e guardando attraverso i pochi centimetri di tapparella sollevata, vide una sagoma di uomo in piedi sul bordo della piscina, a una quindicina di metri dalla stanza: era Gavino. Cosa ci faceva a quell'ora proprio di fronte alla loro stanza? In un primo tempo fu tentato di uscire dalla stanza e chiederglielo direttamente, ma pensò che la prudenza non era mai troppa e preferì, senza svegliare la moglie, chiamare al telefono il portiere di notte: - Parlo dalla camera 107: davanti a noi, sul bordo della piscina, c'è Gavino. C'è qualche motivo particolare per la sua presenza qui? Può fare qualcosa, per cortesia?
- E' la prima volta che sento una cosa simile, signore. Comunque non esca dalla camera, vengo subito a vedere.

Quando Franco riappese e guardò fuori il ragazzo era sparito: probabilmente aveva visto accendersi la luce ed era scappato: quando arrivò il portiere, gli andò incontro verso la piscina, fermandosi nel punto in cui aveva visto Gavino: -Ecco, era proprio qui, ma quando ho finito di telefonarle era sparito. Il portiere lo guardò poco convinto: - E' sicuro che fosse una persona e che non si trattasse invece di qualche gioco di luci che tra tutti questi alberelli le ha fatto credere di vedere una persona? E Franco, risentito: - Se ho detto che l'ho visto mi deve credere! Il portiere salutò e se ne andò incredulo. La reazione ad alta voce di Franco aveva svegliato Tina: - Cosa è successo, Franco? Al racconto di Franco, Tina si agitò moltissimo:- Non mi ha convinto la richiesta di spostare l'auto; secondo me hanno in mente qualcosa di losco, ho paura, Franco, ho paura, andiamocene prima che ci succeda qualcosa!

Franco la rincuorò cercando di tranquillizzarla, ma era poco convincente, perché anche lui aveva paura. Comunque poco dopo si riaddormentarono, risvegliandosi solo all'alba. – Tina, è andato tutto bene, la giornata è limpida e benaugurante, prepariamoci, carichiamo i bagagli e andiamo a fare colazione. Vorrei partire il più presto possibile e dimenticare questa notte da incubo. Dopo dieci minuti uscirono dalla stanza, ma un'amara sorpresa li aspettava: la portiera dell'auto era stata forzata dal lato guida, il blocchetto di accensione era stato strappato ed era evidente che l'auto era stata usata; infatti Franco aveva in mano la ricevuta dell'autonoleggio dalla quale risultava che la lettura del contachilometri appena ritirata l'auto era 75228 km, mentre ora esso segnava 75274 km, quindi, visto che da Olbia a San Teodoro c'erano 34 km, erano stati percorsi 12 km. Franco, dopo aver eseguito un controllo generale dell'auto, compreso il portabagagli, e non aver riscontrato nulla di anomalo, rientrò in camera e chiamò il comando dei carabinieri per denunciare l'effrazione all'auto e la misteriosa presenza del giovane cameriere davanti alla sua camera, chiedendo l'intervento di un elettrauto, dato che aveva urgenza di partire. Quindi si diressero verso l'hotel per la colazione comunicando alla reception quanto era avvenuto e venendo a sapere che Gavino non si era presentato al lavoro.

I carabinieri arrivarono verso le 8 e il maresciallo chiese subito di incontrare il signor Faustini. Si avvicinò al tavolo di Franco e Tina chiedendo di vedere i loro documenti e facendo verbalizzare all'appuntato Remis le loro dichiarazioni. In quel momento si avvicinò il direttore: - Maresciallo, mi fa piacere che sia qui, perché qualcosa non mi convince: è arrivata una telefonata per la signora Graffoni, quella della stanza 110, ma il suo telefono squilla a vuoto; ho mandato una donna delle pulizie a bussare, ma anche lei non ha avuto risposta. Cosa dice? – Andiamo subito a vedere! Remis, vieni anche tu con me, ma prima fatti dare il passepartout alla reception. Venga anche lei, direttore. Poi, rivolgendosi ai Faustini : - Voi, per cortesia, aspettate qui; probabilmente sarà un falso allarme, ma la prudenza non è mai troppa!

Giunti davanti alla stanza 110, Storru bussò ripetutamente senza avere risposta, provò a guardare attraverso le tapparelle leggermente sollevate, ma non vide nulla. Il direttore suggerì: - Potrebbe essere in bagno sotto la doccia, ma non si sente scrosciare l'acqua; girarono sul retro del locale e Remis, salendo su un bidone abbandonato, guardò dal finestrino aperto dentro alla doccia, ma anche qui niente. Storru chiese il passepartout ed entrarono nella stanza: apparentemente era tutto in ordine, anche il letto era ben tirato come se nessuno vi avesse dormito. – E' un po' strano, commentò Storru, - ma potrebbe esserci una spiegazione: la Graffoni non potrebbe essersi alzata di buon'ora per fare una gita? Il direttore replicò: - Può darsi, ma di solito i clienti ci avvertono quando si allontanano; e poi, perché Gavino non è ancora arrivato? E cosa faceva stanotte davanti alla piscina? Storru replicò che si sarebbe fermato in attesa di sviluppi e si avviò con il direttore verso l'hotel.

Erano appena passate le dieci quando squillò il cellulare di Storru che dopo aver ascoltato il suo interlocutore, ordinò perentoriamente: chiamate subito il medico legale e avvertite la Procura della Repubblica di Nuoro. Richiamatemi se avete qualche notizia.

Storru ordinò al brigadiere Cafurru di radunare tutti gli ospiti dell'albergo in sala da pranzo e di mettere due appuntati all'ingresso impedendo a tutti di lasciare l'hotel, quindi si fece portare il registro delle presenze dei clienti e del personale di servizio. Pochi minuti dopo, quando l'appuntato Remis gli comunicò che gli ospiti erano riuniti, si presentò in sala, dove tutti erano curiosi di conoscere il motivo della convocazione, annunciando: - Signori, questa notte sono scomparsi due ospiti dell'albergo e devo purtroppo comunicare che molto probabilmenete una delle due persone scomparse è stata ritrovata morta, nella cappella mortuaria del cimitero di Budoni, un paese a 6 km da qui: la porta della cappella è stata forzata e sull'altare è stato trovato il corpo di una giovane donna ricoperto solo da una tunica bianca e con un coltello conficcato in gola. Dalla descrizione fattami temo proprio che si tratti della signora Graffoni. A questo punto, signori, ribadisco per tutti il divieto assoluto di lasciare l'albergo, dico per tutti. Ora intendo procedere immediatamente all'interrogatorio di tutti. Raccomando la massima collaborazione.

Il direttore fece liberare una saletta nella quale Storru entrò con un appuntato addetto alla verbalizzazione. Cominciò dalla famiglia di quattro persone che gli sembravano i meno sospettabili, anche per togliersi di mezzo i due bambini che avevano cominciato a creare il solito putiferio: risultò che erano venuti da Nuoro per trascorrere una settimana di vacanza al mare di San Teodoro. I due giovani che la sera prima avevano cenato a base di pizza erano rincasati dopo cena e risultò secondo il direttore che li conosceva bene trattarsi di due residenti a San Teodoro. Toccò quindi all'anziano signore con la barbetta alla Cavour, Pietro Rossetti, il quale presentò a Storru le sue rimostranze lamentandosi del fatto che gli avevano fatto saltare la gita all'isola di Tavolara per la quale aveva percorso più di 100 chilometri in auto da Palau, dove si trovava in vacanza; era un professore di inglese in pensione, residente a Piombino.

Fu poi la volta di Matteo il cameriere più anziano, che era stagionale fin dai primi di giugno; venne quindi il turno della ragazza, che risultò chiamarsi Olga Marini: dichiarò di frequentare un corso estivo di psicologia all'Università di Cagliari e di essersi presa una settimana per visitare il nord-est della Sardegna. Restavano da sentire Franco, Tina e il distinto quarantenne. Il maresciallo si affacciò alla porta della saletta: - Restate solo voi tre. Permettetemi prima di bere una birra, perché ho la gola secca: volete farmi compagnia? Al cortese diniego dei tre, Storru preferì continuare, cominciando dal dott. Farcini, che Franca aveva battezzato "signor Ganimede". I due si ritirarono nella saletta e Storru attaccò immediatamente: - Se non sbaglio, dottore, lei alloggia al Gardenie da qualche anno; come mai ha deciso di stabilirsi in Sardegna?

- Dopo aver visto la Sardegna una diecina di anni fa durante le vacanze con mia moglie, quando era ancora viva, me ne sono innamorato riproponendomi che, una volta in pensione, ci saremmo trasferiti definitivamente qui. Poi purtroppo mia moglie è morta mentre eravamo a Bassora, dove lavoravo all'ospedale e ho deciso di lasciare là tutti i miei ricordi trasferendomi all'ospedale di Città del Capo, ma dopo un paio d'anni ho deciso di trasferirmi definitivamente qui in Sardegna.

- Mi risulta però che frequentemente lei si assenta dall'hotel per diversi giorni

- Infatti, rientro spesso in Sud Africa dove ho ancora una ricerca in corso all'ospedale.

- Ovviamente, lei non ha sentito niente e non ha visto niente questa notte, immagino.

- Assolutamente niente.

- E non si è mai mosso dalla sua camera?

- Non ne avevo alcun motivo.

- Bene, per ora è tutto, può andare, ma non lasci l'albergo.

Fu poi la volta di Franco e Tina: quando Storru venne a sapere che Franco era docente di Criminologìa all'Università degli Studi di Milano, ebbe un sobbalzo: - Immagino che non voglia negarmi la sua collaborazione alla soluzione di questo caso.

Franco gli rispose: - Con vero piacere, anche perchè ho già maturato qualche idea: le modalità dell'assassinio della Graffoni, ammesso che di lei si tratti, mi ricordano i riti di certe sette sataniche; perché non cominciamo a consultare gli archivi?

- Buona idea! Farò consultare immediatamente gli archivi di polizia sugli omicidi di giovani donne negli ultimi tempi.

Gli agenti della sezione omicidi di Nuoro si misero alacremente al lavoro e nel primo pomeriggio giunsero le prime informazioni: negli ultimi quattro anni sono state uccise in Sardegna con cadenza quasi annuale quattro giovani donne i cui corpi, sempre avvolti in tunica bianca e con un coltello conficcato in gola, sono stati fatti trovare due volte sull'altare di chiese sconsacrate, una volta in una antica pieve semidiroccata e una volta sulla pietra di copertura di un dolmen. Nella mente di Franco, al quale Storru aveva riferito il contenuto del colloquio con Farcini, cominciava a insinuarsi un dubbio e chiese se era possibile dare un'occhiata all'elenco delle quattro vittime. Quando Storru glielo pose, lo sfogliò attentamente e dopo qualche minuto esclamò: - Guardi qui, maresciallo, le potrà sembrare un gioco di enigmistica, ma quello che leggo non può essere solo una coincidenza. Legga le iniziali del nome delle quattro donne uccise: in ordine di tempo sono Isabelle, una francese, Sarah, un'israeliana, Adele, un'italiana e Claire, un'americana, tutte giovani e belle turiste... Che cosa legge?

Storru pronunciò lentamente: - I s a c...E con ciò? Non capisco dove vuole arrivare. Franco insistette: - Ammesso che la morta di Budoni sia la Graffoni, mi sa dire qual è il nome di battesimo?

- Si chiama Carla!

- E' proprio quello che temevo! Il nome adesso è Isacc. Non le dice niente?

- Professore, vedo che lei si diletta davvero di enigmistica, ma qui siamo di fronte a qualcosa di più serio; forse lei legge troppi libri gialli! Continuo a non capire...

- Franco lo interruppe: - Manca la lettera O per formare il nome Isacco. La prossima vittima potrebbe avere il nome che inizia per O.

La preoccupazione di Franco si era trasmessa anche a Storru: - In effetti tra i clienti dell'hotel c'è una persona il cui nome inizia per O: si tratta della signorina Marini. Forse è il caso di metterla al corrente dei suoi dubbi, aspetti che la faccio chiamare da Remis.

- Se fossi in lei, farei chiamare anche Farcini, almeno lo teniamo sotto controllo.

Storru chiamò Remis chiedendo di convocare Farcini e la Marini, ma di lì a qualche minuto questi tornò annunciando desolato: - Mi dispiace, maresciallo, ma non ho trovato nessuno dei due: a quanto ho saputo, il Farcini è andato a Siniscola e non rientra fino all'ora di cena, mentre la signorina Marini nessuno l'ha più vista da ieri sera, nemmeno per la colazione.

Storru era ora più preoccupato di Franco: - Comincio a temere che abbia ragione lei! E non abbiamo la più pallida idea di dove cercarli.

In quel momento suonò il cellulare di Storru: era il direttore del Le Gardenie che aveva appena riconosciuto nella morta di Budoni la Graffoni, ma c'era uno strano particolare nel cadavere: secondo il medico legale la morte non era dovuta alla coltellata alla gola, ma a un violento colpo subito all'altezza della tempia sinistra. Storru riferì subito a Franco la notizia aggiungendo: - Stando così le cose, il caso si complica, perché non credo che dare una bastonata in testa per uccidere una vittima sacrificale rientri nel rituale satanico di cui ha parlato lei.

- Vorrei sentire appena possibile il medico legale per sapere come ha fatto a stabilire la causa della morte: non potrebbe aver subito un colpo contro qualche ostacolo durante il trasporto del cadavere? E poi indagherei sui trascorsi del dottor Francini: se non sbaglio, ha dichiarato si aver operato a Bassora, che non è poi troppo lontana da Ur, la patria del patriarca Abramo; in quella regione oggi agiscono numerose sette sataniche, la cui religione è in molti casi un misto di islamismo ed ebraismo. E' ben noto che Abramo riuscì a evitare il sacrificio di suo figlio Isacco sull'altare, grazie all'intervento di un angelo che all'ultimo momento gli suggerì di sostituire un agnello al figlio prediletto.

La pista Francini suggerita da Franco pareva veramente prendere corpo. Ma Storru era molto perplesso: - Non possiamo ancora accusare il medico: sul suo conto abbiamo solo dei sospetti, ma nessun indizio e nemmeno prove. Mi piacerebbe sapere dove sono andati quei due, ma comincio a temere il peggio. E aveva ragione, ma non nel senso che intendeva lui, perché in quel momento una telefonata avvertì Storru del ritrovamento del cadavere di un uomo all'interno della vecchia abbazia di San Pietro a pochi chilometri da Siniscola: il cadavere era deposto su un primitivo altare di pietra, era ricoperto da una tunica bianca e aveva un coltello conficcato in gola. Storru e Franco saltarono sulla jeep guidata da Remis e durante il viaggio Storru esaminò le varie possibilità: Chi poteva essere il morto? L'ipotesi più plausibile era che si trattasse purtroppo di Gavino, del quale non si avevano notizie da più di quaranta ore, ma cosa aveva a che fare il ragazzo con il macabro rituale? Franco era invece di diversa opinione: - Sono sicuro che Gavino sia vivo e penso invece che si tratti di Farcini; secondo me qualcuno vuole confonderci le idee, perché c'è sotto qualcos'altro. L'ipotesi di Franco risultò quella vincente, perché di lì a poco, giunti all'abbazia, non vi fu alcun dubbio che si trattasse di Farcini.

Storru si stava arrendendo: - Non ci capisco più niente: stavamo seguendo una pista e i fatti ci portano in tutt'altra direzione. Dove sono finiti Gavino e la ragazza? Torniamo all'albergo e vediamo se c'è qualche novità. E la novità, piacevolmente sorprendente, c'era davvero: appena la jeep varcò il cancello del parcheggio dell'albergo fu grande la sorpresa di vedere sulla soglia dell'albergo Gavino e Olga sani e salvi. Storru ebbe un moto di commozione nel rivedere il ragazzo per la cui vita aveva temuto e dopo i convenevoli di saluto, esclamò: - Adesso mi raconterete tutta la storia, immagino. Olga lo interruppe: - Maresciallo, le ho risparmiato la fatica di lunghe e faticose indagini, perché il colpevole glielo offro io su un piatto di argento. Storru e Franco guardarono attoniti nella direzione di Gavino, che se ne stava tranquillo accanto a Olga e Franco soggiunse: -Non vorrà farci credere che è stato Gavino a uccidere il Farcini? - No – intervenne Olga – sono stata io! E cominciò a raccontare una lunga storia.

- Lavoravo come infermiera all'ospedale di Bassora e avevo assistito a una scena sconcertante; la moglie di Farcini, in punto di morte in seguito a una leucemia fulminante, vedendo la disperazione del marito cercò con grande forza d'animo di rincuorarlo: era un'adepta di una setta che credeva nella reincarnazione e gli disse che se lui avesse celebrato il sacrificio umano di Abramo, consistente nello sgozzare sull'altare sei donne, tante quante erano le lettere del nome del figlio Isacco, lei sarebbe ritornata tra gli umani sotto altre spoglie. Non appena ebbe notizia del primo omicidio, capì che Farcini stava mettendo in atto il suggerimento della moglie e cercò invano di rintracciarlo. Nel frattempo gli omicidi continuavano, giungendo a quattro. Fu un colpo di fortuna ad aiutarla: al congresso di Villasimius un medico che aveva conosciuto a Bassora le fece sapere di aver visto Farcini, che era appena partito per San Teodoro, dove alloggiava al Le Gardenie. Si trasferì nell'albergo e quando i due si incontrarono finsero entrambi di non riconoscersi. La notte stessa era avvenuto l'omicidio della Graffoni e lei non aveva avuto alcun dubbio sull'autore. Doveva fare qualcosa al più presto per impedire che la situazione precipitasse; ma anche Farcini voleva liberarsi della scomoda teste e la invitò a una gita a Siniscola, per una visita a una abbazia del romanico sardo. Lei accettò consapevole che a quel punto la scelta era se morire sgozzata su un altare o rischiare trent'anni di carcere. Appena entrati nell'abbazia e avvicinatisi all'altare, lei decise di agire prendendo in controtempo il Farcini: mentre lui fingeva di interessarsi al bassorilievo sul lato anteriore dell'altare aspettando che lei si chinasse per vederlo meglio e poi colpirla, lei estrasse un coltello che si era procurata nella cucina dell'albero e lo colpì con violento fendente alla gola, uccidendolo all'istante. Poi frugò nel suo borsello sicura di trovarvi la tunica bianca: essendo troppo faticoso spogliarlo e rivestirlo con la tunica, gliela dispose come copertura conficcandogli poi in gola il coltello. – Questo è tutto – concluse Olga. Storru rivolgendosi a Franco gli chiese: - Professore, è vero che si tratta pur sempre di un delitto, ma sono sicuro che lei saprà individuare le opportune attenuanti come difensore della signorina! – Ci proverò con il mio massimo impegno, se la signorina vorrà nominarmi suo difensore.

- Ora possiamo andare a brindare, finalmente è finita, sospirò Storru, ma Franco lo raggelò: - Lo crede lei, caro Storru! Ci sono alcune cose che rimangono da chiarire: per esempio, cosa ci faceva Gavino di notte davanti alla mia camera? Chi e perché ha usato la mia macchina? Perché Gavino è scomparso per due giorni? Chi aveva telefonato alla Graffoni? Per prima cosa le suggerirei di parlare con Gavino, che dovrà spiegarci molte cose.

Storru non perse tempo e fece chiamare il ragazzo, dopo aver raccomandato a Franco di esser lui a porre le domande; quando arrivò, Franco lo salutò calorosamente: - Siamo contenti di rivederti sano e salvo, però ci devi aiutare a chiarire alcuni fatti che finora appaiono inspiegabili: comincia a spiegarmi cosa ci facevi davanti alla piscina la notte dell'omicidio della Graffoni. Il ragazzo scoppiò in un pianto dirotto e dopo la paziente attesa di Storru e Franco, sbottò, quasi felice di liberarsi di qualcosa che lo opprimeva: - Lo sapevo che sarebbe andato tutto storto! Mise quindi una mano in tasca e ne estrasse una busta ponendola sul tavolo davanti a Storru; questi la prese, tastandola per indovinarne il contenuto, ma Franco lo precedette: - Le posso dire io che cosa contiene,- poi, guardandosi attorno come per compiacersi con una inesistente platea: - diamanti provenienti da Pretoria, dove ho potuto appurare che il nostro Farcini non andava per ricerche ospedaliere, ma per ricerca di danaro! Storru lo guardò attonito, poi senza alcun commento aprì la busta e ne vuotò il contenuto sul tavolo, dove rotolarono sfavillanti una quarantina delle preziose pietre. – Ora sarà così gentile da spiegarmi come ha fatto a scoprirlo, disse Storru. E Franco non si fece attendere a spiegare: -Ho voluto vederci chiaro sulla telefonata fatta alla Graffoni: un mio amico di Milano tecnico telefonico è riuscito a sapere dai tabulati che la chiamata veniva da un numero di Pretoria appartenente a una società di spedizioni internazionali; a questo punto ho rischiato grosso: mia moglie, che sa parlare inglese benissimo, ha chiamato quel numero e si è fatta passare un responsabile dell'ufficio spedizioni, comunicando che tutto era stato consegnato regolarmente e che di lì a pochi giorni sarebbe stato effettuato il saldo; ha avuto anche il coraggio di chiedere la forma di pagamento preferita e l'esatto ammontare del versamento, nonché la causale, inventandosi che avevamo dovuto cambiare la banca. Ormai non avevo più dubbi. Ora il nostro Gavino ci dirà il resto.

Avevo notato un certo interessamento del Farcini per quella bella signora e quando li ho visti a tarda sera allontanarsi attraverso il parco verso la dependence ho pensato a un'avventura galante e li ho seguiti sperando di assistere a qualche scena piccante. Arrossì e continuò: - Si, insomma volevo fare il guardone. Ma la scena alla quale avevo assistito attraverso le tapparelle abbassate solo a metà era un'altra: il Farcini consegnò alla Graffoni un pacchettino che lei aprì immediatamente e vidi rotolare sul tavolino tutte quelle pietre; la donna le contò, poi le rimise nel sacchetto e si recò in bagno, dove, non potevo vederlo, penso abbia nascosto il pacchetto da qualche parte. Rientrata nella stanza, tra i due cominciarono le effusioni a cui avrei voluto assistere, ma in quel momento mi interessava ben altro. Girai sul retro della camera e mi arrampicai facilmente fino alla finestrella del bagno scorgendo il pacchetto sulla mensola: non potevo raggiungerlo dalla mia posizione, perciò ridiscesi andando in cerca di una corda o di qualche arnese che potesse farmi da amo, quando mi venne in mente che da qualche parte doveva esserci il forcone del giardiniere; lo trovai subito nel capanno degli attrezzi, ritornai alla finestra aiutandomi con un bidone della spazzatura capovolto e dopo qualche tentativo riuscii a inforcare il pacchetto. E qui ho commesso il mio gravissimo errore: ho voluto ritornare a godermi i due in atteggiamento intimo, ma la scena era cambiata; li vidi parlare animatamente senza poter capire quello che dicevano, poi vidi lui strattonare lei che scivolò e picchiò la testa contro lo spigolo di una parete o di un comodino. Lui si chinò per verificarne le condizioni e istintivamente guardò fuori dalla finestra, dove io ero rimasto pietrificato. Mi vide e balzò fuori dalla camera: mi bloccò e mi trascinò dentro dicendomi: - Avrai visto che non l'ho uccisa io; è stato un maledetto incidente, ma ora dobbiamo trasportare il corpo lontano da qui. So che non mi crederebbero e anche tu passeresti dei guai perché ti crederebbero mio complice. – L'idea di essere accusato di un omicidio che non avevo commesso mi terrorizzò. Non potevo rifiutare e in fondo si era trattato davvero di un incidente. Il Farcini mi disse di mettermi davanti alla piscina a controllare che non arrivasse nessuno e fu lì che per mia sfortuna mi vide il professore; intanto lui armeggiava attorno alla Punto, riuscì ad aprirne la serratura, poi strappò il blocchetto dei fili di accensione e preparò un'accensione di emergenza. Quindi tornammo alla camera, trasportammo il corpo in auto e filammo fino a Budoni…Il resto lo sapete. – Non del tutto, - precisò Storru, - per esempio, non ho capito perché ti sei nascosto, visto che nessuno poteva sospettare di te…

- Non è esatto, maresciallo, - lo corresse Gavino – Quando ho visto con quale ferocia il Farcini ha conficcato il coltello nella gola di una povera morta, ho capito che avrei potuto fare la stessa fine se lui avesse voluto liberarsi di uno scomodo testimone. Dal momento che mi aveva lasciato di guardia sulla porta della cappella, mi sono nascosto in uno dei loculi vuoti del cimitero e sono uscito solo quando ho sentito il rumore del motore della Punto che si allontanava; poi mi sono rifugiato nella vecchia cascina di mio padre dove sapevo che nessuno mi avrebbe cercato.

Franco e Storru si guardarono; entrambi volevano dire qualcosa, ma nessuno dei due aveva il coraggio di cominciare; finalmente Franco ruppe il ghiaccio: - Maresciallo, vuol vedere che so già cosa intende dirmi? Che, in fondo Gavino, non ha commesso alcun reato, se non il furto dei diamanti, ma li ha restituiti spontaneamente, quindi potremmo dire di averli trovati noi in un'ulteriore accurata perquisizione della camera della Graffoni, che ne so, fissati con dell'adesivo all'interno della cassetta di scarico del water... – Vorrei proprio sapere come ha fatto a indovinare, caro professore!

Semplice, perché la stessa idea era venuta a me.

- Vi ringrazio, ma che cosa risponderò a chi mi chiederà perché mi sono nascosto? – domandò preoccupato Gavino.-
Oh, non è un problema: dirai che volevi svolgere le indagini per conto tuo per emulare il nostro Sherlock Holmes, il professor Faustini.

Franco e Tina, dopo i convenevoli di saluto, partirono finalmente per Tortolì, dove appena arride lo apostrofò: - Ma lei è il professore di criminologia che ha allo di San Teodoro: ne parlano i giornali, la radio e la televisione. Giunge proprio a proposito, perché Le voglio esporre un caso delicato che mi riguarda...

Mi dispiace tanto per Lei, ma forse non Le hanno detto che

da oggi sono in pensione e mi occupo solo di restauro di chiese sconsacrate.

Un racconto fantastico

La leggenda di Moltina

Sulla statale che collega Dobbiaco a Cortina d'Ampezzo tra
fitti e cupi boschi di conifere appare all'improvviso, poco
dopo un cimitero di caduti austriaci della prima guerra mon-
diale, uno stupendo panorama di incomparabile bellezza.
Esso è reso ancor più affascinante e misterioso quando è
completamente innevato: sulla sinistra il lago di Landro, un
laghetto alpino punto di partenza per gli escursionisti che in
estate intendono raggiungere le antistanti Tre Cime di Lavaredo e meta invernale di sciatori di fondo che eseguono le
loro acrobazie sulla crosta gelata. Sullo sfondo le Tre Cime
messe quasi a custodire la valle e sulla destra il Cristallo e il
Pomagagnon, minacciosi guardiani del fondovalle, alle cui
spalle è mollemente adagiata Cortina. Ancora un po' più a
destra, ecco sovrastare regale e imponente l'immensa mole
quasi verticale della Croda Rossa, così chiamata per il baglio-
re rosso fuoco di cui si colora al tramonto sotto i raggi del
sole.
In questo scenario da favola ha inizio la storia del nostro
viaggiatore. Era il tardo pomeriggio di un giorno di ottobre
e il sole si stava avviando lentamente, quasi controvoglia,
al tramonto dietro la Croda Rossa, leggermente imbiancata
dalla prima neve autunnale: un'auto che percorreva solitaria
la statale accostò al ciglio della strada; ne discese un uomo
di mezza età dall'inconfondibile aspetto del rappresentante

di commercio e per l'abbigliamento elegante e per la valigetta ventiquattrore. Aveva deciso una breve sosta rilassante per godersi quel silenzio siderale e quei colori indescrivibili del tramonto, lui abituato nella grande metropoli al grigio fastuono del traffico e a fare sempre tutto di corsa: le cime di Lavaredo si erano appena colorate del pallido rosa tipico della roccia dolomitica e il riflesso sulla candida coltre di neve sottostante si era esteso fino alle gelide acque del lago, reso più irreale dalle leggere increspature provocate da una lieve brezza.

Mentre stava ammirando estasiato il panorama circostante, l'uomo improvvisamente trasalì: tra le incombenti brume che salivano come lenti fantasmi dal fondovalle ecco a un tratto diffondersi il dolcissimo suono di una cetra accompagnato da un melodioso tristissimo e struggente canto come di voce angelica.

Sorpreso e incuriosito, si avviò lentamente verso il limitare del bosco: il suono gli giungeva ora con sempre maggiore intensità, ma non riusciva a scoprirne la fonte. A un tratto, aggirato un grosso masso, scorse seduto sotto un larice un vecchio cantore ricoperto di miseri cenci pizzicare le corde di una cetra; dopo essere rimasto per un po' nell'ombra ad ascoltare il canto, spesso interrotto da cavernosi colpi di tosse, il viaggiatore si avvicinò al vecchio :

"Buona sera! Non sente freddo seduto lì in mezzo alla neve?".

E il cantore , di rimando: "Buona sera a lei, ma cosa ci fa da queste parti? forse lei è diretto a Cortina, ma non le hanno detto che poco più avanti, dopo il passo di Cimabanche, la strada è interrotta per neve e che qui l'unico albergo esistente è chiuso per lavori di restauro in attesa della prossima stagione invernale?"

E di rimando il nostro: "Ha indovinato: sono proprio diretto a Cortina e quanto mi dice mi preoccupa; però, io sono stato obbligato a passare di qui per motivi di lavoro, ma lei mi pare invece che questo posto se lo sia scelto liberamente e che ci si trovi bene."

"Eh, non troppo, caro signore, avrà sentito che la tosse mi sta uccidendo! Sono stato costretto a venire fin quassù a suonare e cantare per una veglia funebre: avrei certo preferito restarmene in casa al calduccio davanti a un caminetto acceso con un bel piatto di caldarroste e un""'ombra" di buon vino, ma purtroppo la veglia è all'aperto e mi sono dovuto rassegnare."

"Non capisco....., non vedo intorno nessun casolare, nessuna luce: di quale veglia parla?"

"La scorsa notte è morta Moltina, la vecchia regina delle marmotte della Croda Rossa e le marmotte decane mi hanno fatto sapere che avrebbero gradito la mia presenza per accompagnare con il mio canto i suoi funerali. Perché non mi fa compagnia? assisterà tra poco a uno spettacolo indimenticabile."

"Mi scusi, ma continuo a non capire: mi dice che le marmotte l'hanno mandata a chiamare per accompagnare la veglia funebre? e come avrebbero fatto a comunicare con lei, forse emettendo i loro striduli fischi come quando allertano le compagne che qualcuno sta avvicinandosi alla tana? Lei ha voglia di scherzare!"

"Niente affatto, caro amico, altrimenti non l'avrei invitata ad assistere allo spettacolo; vede, il fatto è che anch'io ero una marmotta qualche secolo fa, ma poi una maledizione ha fatto sì che alla mia morte avrei dovuto reincarnarmi in un uomo.

Mi fidavo ciecamente degli uomini, finché un giorno li feci avvicinare troppo alla tana dove erano rifugiati i miei tre cuccioli: i cacciatori li catturarono, li uccisero e vendettero le loro morbide pelli. Il nostro re non me lo perdonò e invocò una maledizione su di me: avrei dovuto rinascere come uomo per poter conoscere per l'eternità la malvagità dell'animo umano, e ogni volta che morivo dovevo rinascere una volta come marmotta e una volta come uomo. E così è stato: sono già morto quattro volte, sempre reincarnandomi e cambiando sempre nome, al punto che a volte faccio confusione a ricordare l'ultimo nome: oggi mi chiamo Martino; e tra poco, perché ho capito che ormai sono alla fine, dovrò ritornare marmotta. Capisce ora perché conosco il loro linguaggio........ ?"

Il viaggiatore, allibito, ma al tempo stesso scettico, lo interruppe: "E vorrebbe convincermi che le marmotte credono nella reincarnazione, come i buddisti? ma, via, lei ha voglia di scherzare, oppure ha bevuto qualche "ombra" di troppo......."

Ma il cantore non lo stette neppure ad ascoltare: "Ecco, ha inizio la cerimonia, presto, mi segua e vedrà.".

Si alzò improvvisamente raccogliendo la sua preziosa cetra, raggiunse la statale e, attraversatala, si portò con insospettata agilità alla base della Croda.

Il sole era ormai tramontato e la val di Landro era immersa in un buio fitto. Il viaggiatore, dopo qualche attimo di incertezza lo seguì tanto incuriosito quanto incredulo, ma forse anche preoccupato di dover vedere qualcosa di sconvolgente.

Di colpo le pendici della Croda si illuminarono come per incanto alle luci di una fiaccolata e migliaia di rossi puntini costellarono la montagna rendendola ancor più fiammeggiante che sotto ai raggi del sole. Migliaia di marmotte in lunga e silenziosa fila indiana accompagnavano all'estrema dimora tra le rocce la loro regina, mentre il cantore si struggeva in un triste canto di morte.

"E'.... incredibile....., assurdo, ma allora non scherzava poco

fa!", commentò il viaggiatore stropicciandosi gli occhi.
"Come vede, ho detto la verità, imparando dalle marmotte e
non certo dagli uomini. Ma lo spettacolo non è finito! I nani
della Croda, che ora se ne stanno acquattati nel buio tra le
rocce, quando la cerimonia funebre sarà ultimata, semine-
ranno i crochi: durante la notte i loro bulbi si schiuderanno
per incanto.
Il rito si ripete tutte le volte che muore una regina delle marmotte. Se ha ancora qualche dubbio, provi a ripassare di qui
domattina al sorgere del sole."E scomparì nella nebbiolina,
con il torace squassato da cavernosi colpi di tosse, senza vol-
tarsi ai disperati richiami del viaggiatore.
Il viaggiatore ritornò verso l'auto, vi salì voltandosi ancora
una volta verso i prati della Croda, forse con la recondita
speranza di non veder più nulla e di poter pensare a un'allucinazione, ma la lunga processione continuava a snodarsi
silenziosa sulle nevi; allora invertì la marcia dirigendosi verso
Dobbiaco per cercare un albergo dove trascorrere la notte. Fu una notte insonne: aveva ancora davanti agli occhi
lo spettacolo di suoni e luci cui aveva appena assistito: non
poteva essere altro che un'allucinazione! Forse era necessaria
una riprova: la mattina di buon'ora decise di ritornare alla
base della Croda: sui ripidi prati coperti di neve sui fianchi
della montagna occhieggiavano migliaia di crochi rossi appena dischiusi dai raggi ancor tiepidi del sole. Dopo aver
ammirato sconvolto l'indescrivibile spettacolo, si guardò
attorno con la speranza di rivedere il cantore per scusarsi
della propria incredulità e ringraziarlo per averlo messo al
corrente del misterioso evento e per avergli consentito una
tale visione, ma lo attendeva un'amara sorpresa: sul limitare
del bosco, sulla neve risaltava una immobile macchia scura.
Il viaggiatore, forse colto da un presentimento, accorse col
cuore in gola: il cantore giaceva senza vita con la cetra anco-

ra stretta tra le mani forse nell'estremo tentativo di accompagnare il proprio canto funebre. Una broncopolmonite lo aveva fulminato nella gelida notte all'addiaccio mentre voleva dare l'addio alla regina Moltina.

Il viaggiatore raccolse un croco e lo appoggiò delicatamente sui poveri resti, quindi si avviò mestamente verso i prati della Croda per dare un'ultima occhiata ai crochi in fiore. Ma le sorprese per lui non erano ancora finite: giunto a pochi metri da una roccetta, da una tana scavata tra la neve gli venne incontro senza timore un cucciolo di marmotta, che gli si avvicinò drizzandosi sulle zampe posteriori e agitando quelle anteriori come in un cenno di saluto, quindi ritornò frettolosamente nella tana: Martino era venuto a salutarlo per per l'ultima volta.

Sommario

www.ingramcontent.com/pod-product-compliance
Lightning Source LLC
Chambersburg PA
CBHW021937170626
46807CB00007B/3150